KB220014

인생의
여백을
사랑하라

북오션은 책에 관한 아이디어와 원고를 설레는 마음으로 기다리고 있습니다. 책으로 만들고 싶은 아이디어가 있으신 분은 이메일(bookrose@naver.com)로 간단한 개요와 취지, 연락처 등을 보내주세요. 머뭇거리지 말고 문을 두드리세요. 길이 열릴 것입니다.

인생의 여백을 사랑하라

초판 1쇄 인쇄 | 2012년 10월 15일
초판 1쇄 발행 | 2012년 10월 20일

편역자 | 김희정
펴낸이 | 박영욱
펴낸곳 | 북오션

경영총괄 | 정희숙
책임편집 | 임은희
편집 | 이상모 주재명 권기우
마케팅 | 최석진
본문디자인 | 조진일
표지디자인 | 씨오디
법률자문 | 법무법인 명율 대표 변호사 **안성용**

주 소 | 서울시 마포구 서교동 468-2
이메일 | bookrose@naver.com
트위터 | @Book_ocean
페이스북 | bookocean
카 페 | http://cafe.naver.com/bookrose
전 화 | 영업문의 : 02-322-6709 편집문의 : 02-325-5352
팩 스 | 02-3143-3964

출판신고번호 | 제313-2007-000197

ISBN 978-89-93662-85-6 (03810)

* 이 도서의 국립중앙도서관 출판시도서목록(CIP)은 e-CIP홈페이지(http://www.nl.go.kr/ecip)와 국가자료공동목록시스템(http://www.nl.go.kr/kolisnet)에서 이용하실 수 있습니다.
(CIP 제어번호: CIP2012004038)

세기의 철학자들에게 구하는 느림과 비움의 지혜

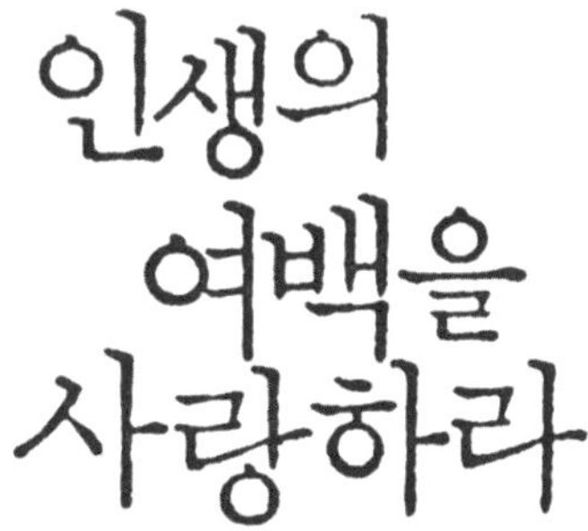

김희정 편역

북오션

서양 최고 철학자 다섯 명으로부터 인생의 지혜를 배우다

인생을 살다 보면 여러 가지 골치 아픈 문제에 맞닥뜨린다. 하지만 잘 생각해 보면 이런 문제를 나만 겪는 것은 아닐 것이다. '옛 사람들은 이런 문제를 어떻게 해결했을까'를 안다면 좀 더 마음이 편할 것이라는 생각도 든다. 그래서 사람들은 불멸의 고전을 읽는다.

이 책에 소개된 세네카, 몽테뉴, 베이컨, 소로, 쇼펜하우어는 모르긴 몰라도 삶에 대한 고민을 일반인보다 수십 배, 수백 배는 더 치열하게 했을 것이다. 그래서 이들의 이야기를 읽고 가슴으로 이해하면 마음이 편안해지며, 새벽 향기를 맡듯 평화가 찾아오는 듯한 느낌을 받게 된다.

하지만 이들의 글이 그리 녹록하진 않다. 이 철학자들의 책을 한 권이라도 접한 독자라면 읽긴 읽었으되 무엇을 읽었는지 기억에 남지 않는 경험을 했을 것이다.

19세기 말, 켈로그 박사는 환자들에게 육식을 지양하고 채식을 하라고 권장하였다. 하지만 육식에 길든 환자들은 맛없는 채식을 기피했다. 그래서 옥수수를 얇게 펴서 굽고 우유에 말아 먹는 음식을 만들었다. 이것이 시리얼의 탄생이다. 켈로그 박사가 옥수수를 먹기 편하게 만들었듯, 나 또한 이 책을 통해 철학자들의 주옥같은 글을 '먹기 편하게' 만들려는 시도를 했다.

그러나 그 안에 들어 있는 영양소는 그대로 전달될 수 있도록, 본디 뜻이 훼손되지 않도록 애쓰면서 옮겼다. 특히 인생에 꼭 필요한 선철들의 지혜를 한 권에 담을 수 있도록 정성스레 골라 짧은 단상과 함께 엮었다.

이 철학자의 글이 머릿속에만 기억되는 것이 아니라, 음식처럼 몸속에 알게 모르게 흡수된다면, 인생의 고민거리에서 조금은 쉽게 탈출할 수 있을 것이다.

내가 뉴질랜드의 도서관에서 몽테뉴의 글에 밑줄을 쳐가며 얻었던 지혜를 여러분들도 반갑게 나눌 수 있기를 기대한다.

2012년 10월

낙타처럼 걸으며　김희정

루키우스 세네카Lucius Annaeus Seneca, 기원전 4년~65년는 고대 로마 제국의 철학자이자 정치가이다. 네로 황제의 스승으로도 유명하다. 스토아학파 철학자로 덕과 인격의 연마를 강조하였다. 그가 남긴 에세이와 편지에는 도덕에 대한 깊은 성찰이 담겨 있는데, 이는 시대를 뛰어넘어 현대인의 고민과 놀랍도록 맞닿아 있다.

1장

삶은 서둘러 지나간다

세네카

《대화와 에세이Dialogues and Essays》

《서간집Selected Letters》

《대화와 에세이》

《대화와 에세이Dialogues and Essays》는 세네카가 남긴 글 중에서 인생사 전반에 걸친 그의 철학적 사색을 담은 글을 묶은 책이다. 세네카는 비극을 비롯하여 자연 철학이나 정치 풍자와 관련한 다양한 작품을 남겼다. 동시에 분노나 행복, 삶의 덧없음, 인간의 한계, 관용과 지혜 등 여러 가지 삶의 문제를 깊게 고민하고 진솔하게 피력하는 글 또한 많이 남겼다. 《대화와 에세이》는 당대에 나온 저작이 아니라, 세네카의 이런 글들을 옥스퍼드 출판사에서 묶고 토비아스 레인하츠가 현대적 영어로 번역해 출간한 책이다. 꼭 이 책이 아니어도 세네카의 글은 다양한 이름과 형태로 출판되어 오랜 세월 수많은 사람들의 사랑을 받아 왔다. 고대 로마의 스토아 철학자가 내놓은 해법이 이렇게 오래도록 효력을 발휘하는 것이 놀라울 따름이다.

《서간집》

《서간집Selected Letters》은 세네카가 아끼는 젊은 친구 루킬리우스에게 보내는 편지를 묶은 책이다. 이 편지들은 세속적인 감정을 멀리하고 궁극의 지혜를 얻기 위해 노력하는 루킬리우스를 격려할 목적으로 쓰였다. 편지 속에서 세네카는 행복, 부, 명성 등의 문제를 놓고 다양한 의견을 주고받으며, 자신의 철학을 차근차근 설명해 나간다. 로마의 여러 역사적 사실과 인물로부터 본받을 점을 끌어내기도 하고 비판을 통해 반면교사로 삼기도 한다. 정치적 격변기를 현명하게 살아 나가고자 애썼던 세네카의 이런 올곧은 면모는 현대를 살아가는 우리들에게 성찰을 불러일으키는 스승 역할을 한다. 이 책 역시 세네카 당대에 나온 저작은 아니며, 여러 출판사의 다양한 판본이 있다.

인간에겐 단 한 번의 짧은 생이 주어진다

인간에게는 단 한 번의 짧은 생이 주어진다. 그마저도 순식간에 덧없이 지나간다. 극소수를 제외하고 대부분의 사람들은 살 만한 준비를 갖추었다 싶으면 인생을 버려야 하는 처지가 되고 만다. 때문에 다들 이를 자연의 심술이라 불평한다.

그럼에도 우리는 마치 영원히 살 것처럼 살고 있다. 인간이 얼마나 나약한 존재인지, 이미 얼마나 많은 시간이 흘러 버렸는지, 전혀 안중에 없다. 넘쳐흐르는 우물물을 퍼내듯이 시간을 낭비하고 있다.

과거를 망각하고 현재를 가벼이 여기며 미래를 두려워하는 자들의 삶은 매우 짧고 불안하다.

무엇 때문에 자연의 흐름에 불평을 하는가. 자연은 이미 충분히 너그럽다. 어떻게 사용해야 하는지를 알고만 있으면, 인생은 길다.

– 〈인생의 짧음에 대하여〉, 《대화와 에세이》

하루만 산대도 지금처럼 살까? 한 달만 산대도 지금처럼 살까? 인생을 꽉 채워 가며 충분히 누렸노라 자신 있게 말할 수 있는, 그런 삶을 살고 싶다.

인생의
세 가지 시간

인생에는 세 가지 시간이 있다. 이미 지나간 시간, 현재의 시간, 그리고 미래에 올 시간이다. 이중 우리가 보내는 현재의 시간은 짧고 앞으로 보낼 미래의 시간은 불확실하지만, 우리가 보낸 과거의 시간은 분명하다. 과거의 시간은 운명이 이미 그 통제권을 잃은, 그 어떤 인간의 능력으로도 돌이킬 수 없는 시간이기 때문이다. 다른 일로 바쁜 사람은 이 시간을 잃어버린다. 그들에게는 과거를 돌아볼 여유 따위는 없으며, 만약 있다 해도 후회할 만한 일을 회상하는 것으로는 즐거움을 주지 못하기 때문이다.

걱정이 없는 평온한 정신은 자기 삶의 어느 부분이라도 마음껏 돌아볼 수 있다. 그러나 바쁜 사람들은 멍에를 짊어진 듯 고개를 돌릴 수도, 구부릴 수도, 뒤를 돌아볼 수도 없다. 그렇게 그들의 삶은 그저 심연으로 새어 나가 버리고 만다. 밑 빠진 독은 아무리 많은 물을 가져다 부어도 채우지 못하는 것처럼, 저장해 둘 공간이 없다면 아무리 많은 시간을 보내도 마음의 균열을 통해 빠져나가 버리고 만다.

바쁜 사람들에게는 현재의 시간만이 자기와 관련 있다고 생각하지만, 현재는 너무 짧고 도저히 붙들어 둘 수 없는 시간이다. 그마저도 수많은 일로 마음을 빼앗기는 동안 흔적도 없이 사라져 버릴 시간이다.

– 〈인생의 짧음에 대하여〉, 《대화와 에세이》

좋은 추억도 나쁜 추억도, 지금의 나를 만든 시간들이다. 집착하지 않고도 과거를 담아둘 수 있는, 넉넉하고 여유로운 공간이 마음속에 있으면 좋겠다. 그러면 곧 과거가 될 현재의 시간도 더 소중하게 보낼 수 있을 것이다.

인생을 즐겁게 사는 법

남의 눈을 의식하며 빈틈없는 모습으로 살기 위해 늘 자신을 살피는 일은 고문이나 다름없다네. 매번 누군가가 나를 지켜보며 평가하고 있다고 생각하면, 한순간도 자유로워질 수가 없는 법이야. 뜻하지 않게 진짜 모습이 드러나는 일도 생기는 데다, 설사 조심스레 지켜온 노력이 성공했다 해도 마찬가지라네. 한시도 가면을 벗지 못하고 사는 사람의 마음이 평화롭거나 행복할 리 없지 않겠나.

반대로 자기 성격을 굳이 감추려 하지 않고 가식 없이 솔직하고 순수하게 산다면, 얼마나 마음이 즐겁겠는가! 물론 모든 사람들에게 이렇게 남김없이 드러내다 보면, 경멸을 받기도 쉽겠지. 너무 친숙해지고 나면 고개를 돌리는 사람도 있을 테니까.

그래도 사람들 눈앞에 제대로 모습을 드러내기만 한다면, 미덕은 언제나 정당한 평가를 받는 법이야. 더구나 끝 모를 가식으로 고통 받는 것보다야 자연스럽게 살며 때때로 비웃음을 사는 편이 훨씬 낫지 않겠나.

어쨌든 이 문제에서도 중용을 지킬 필요는 있지. 자연스럽게 사는 것과 제멋대로 사는 것은 분명히 다르니 말이야.

– 〈마음의 평정에 대하여〉, 《대화와 에세이》

타인의 시선으로 나를 바라보면, 당장은 순탄하게 살 수 있을지 모른다. 그러나 이 날카롭고 피곤한 시선은 어떤 방법으로든 자아에 상처를 남길 것이다.

나를
풍요롭게 하기

우리는 종종 자신에게로 돌아가야 한다네. 본성이 다른 사람들과 섞이다 보면, 이미 자리 잡은 평정도 흔들리기 쉽고 새로운 열정도 약해지기 쉽다네. 마음속에서 완전히 치유되지 않은 상처는 더욱 악화되기도 하지. 그래도 고독과 군중이라는 이 두 가지 요소는 교대로 꺼내 쓸 수 있도록, 함께 지니고 있을 필요가 있어. 고독은 사람을 그리워하게 해 줄 것이고, 군중은 자신을 그리워하게 만들어 줄 테지. 서로가 서로의 병을 고쳐 줄 거라네. 군중을 혐오하는 마음은 고독으로 치유할 수 있고, 고독의 무료함은 군중으로 극복할 수 있다네.

– 〈마음의 평정에 대하여〉, 《대화와 에세이》

나를 풍요롭게 하려면, 나와의 시간도 필요하고, 남과의 시간도 필요하다. 어느 한쪽을 위해 남은 쪽을 희생해서는 안 된다. 다만, 자신에게 맞는 균형점을 찾으면 된다.

운명이라면 기꺼이 받아들여라

어떤 일이든 저항하는 사람에게는 강압적으로 느껴지지만, 기꺼이 받아들이는 사람에게는 강압적이지 않게 되는 법이지. 명령을 자진하여 따르는 자는 가장 끔찍한 노예 상태, 다시 말해 자기 의지를 거스르는 일을 피할 수 있다네. 때문에 명령받은 일을 하는 사람은 불행하지 않네. 자신의 의지와 다른 일을 하는 사람이 불행한 법이지. 그러니 마음을 먹도록 하게나. 지금 상황에서 어쩔 수 없는 일이라면, 자기가 원하는 일로 만들어 버리게나.

– 〈편지 61〉, 《서간집》

개척해야 할 운명이 있는가 하면 받아들여야 할 운명도 있다. 피할 수도 없고 피해서도 안 되는 일이라면, 결단을 내리자. 마지못해 끌려가지 말고, 선뜻 나서서 맞이하자.

몸처럼 마음도 훈련하라

몸을 단련하는 사람은 많은데 마음을 단련하는 사람은 왜 이리 적은지, 곰곰이 생각해 보고 있네. 사람들은 시덥잖은 시합을 보겠다고 떼를 지어 몰려다니지만, 귀한 학문 옆에는 얼씬도 하지 않지. 우리가 찬탄하는 근육의 소유자들이 얼마나 나약한 마음을 가지고 있는지 생각해 보게. 특히 나는 이런 문제를 곱씹어 보네. 단련을 통해 우리 몸은 주먹질과 발길질을 견디어 내고, 뜨거운 태양 아래 먼지를 뒤집어쓰고 피를 흘리고도 하루를 견딜 정도로 강해질 수 있구나. 그렇다면 운명의 비바람에 쓰러지고 넘어져도 다시 일어날 수 있을 정도로 마음을 굳건히 하기란 얼마나 쉬운 일이겠는가? 몸을 튼튼히 하는 데는 많은 것이 필요하지만, 마음은 스스로 자라고 스스로를 먹이며 스스로를 단련시킨다네. 몸은 많이 먹이고 많이 마시게 하고 향유도 잔뜩 발라 주고, 거기다 오래도록 공을 들여야 하지. 하지만 미덕을 얻는 데는 어떤 도구도 비용도 들지 않는다네. 자네를 훌륭한 사람으로 만들어 줄 수 있는 것은 모두 자네 안에 담겨 있으니 말이야.

– 〈편지 80〉, 《서간집》

건강한 몸에 건강한 정신이 깃든다는 것은 옳은 말이다. 그러나 몸이 건강하다고, 건강한 정신이 저절로 솟지는 않는다. 몸처럼 마음도 훈련이 필요하다.

지혜 없이는
행복할 수 없다

루킬리우스 자네도 이미 잘 알고 있겠지만 누구도 지혜를 추구하지 않고서는 행복할 수 없고, 심지어 삶을 견딜 수도 없는 법이라네. 행복한 삶이란 그 지혜를 갈고닦음으로써 얻을 수 있는 것이지. 그리고 지혜가 겨우 모양새를 갖추기 시작하기만 해도 삶은 견딜 만한 것이 될 수 있어. 이 명백한 사실을 일상적으로 되풀이하면서 삶에 깊이 뿌리 내리도록 만들어야 한다네. 영예로운 과정을 결심하는 것보다는 그 결심을 지키는 데 더 많은 노력이 필요하지 않겠나. 지금 가지고 있는 좋은 의도가 좋은 정신의 상태로 안정화될 때까지 끈기를 가지고 부지런히 힘을 키워야만 하네.

– 〈편지 16〉, 《서간집》

사는 일은, 눈이 열리고 귀가 트이는 과정이다. 전에 보지 못하던 것을 보게 되고 듣지 못하던 것을 듣게 되는 기쁨, 삶의 경험만이 줄 수 있는 놀라운 선물이다.

쾌락을 지배할 줄 아는 지혜

쾌락은 넘치면 해가 되지만, 덕은 넘칠까 걱정할 필요가 없다. 덕 안에 절제가 담겨 있기 때문이다. 너무 많아서 문제가 되는 것은 선이라 할 수 없다.

먼저 덕이 기준을 짊어지고 앞장서게 해야 한다. 그렇게 하든 안 하든 쾌락을 얻는 것은 매한가지겠지만, 그렇게 하면 우리가 주도권을 잡고 쾌락을 통제하게 된다. 가끔씩은 쾌락에 기분을 맞춰 줘도 좋지만, 절대 굴복 당해서는 안 된다. 쾌락에게 주도권을 넘겨 준 사람은 쾌락뿐 아니라 덕까지 모두 잃고 만다. 이미 덕을 버린 데다 쾌락마저 지배하지 못하고 거꾸로 지배당하게 되면, 쾌락에 목말라 고통 받거나 지나치게 쾌락의 늪에 빠져 허우적댈 것이다. 쾌락에게 버림받는 것도 비참하지만, 쾌락에 질식당하는 것은 더욱 비참한 일이다.

– 〈행복한 삶에 대하여〉, 《대화와 에세이》

사람은 누구나 쾌락을 추구하지만, 쾌락의 양에 비례하여 행복해지는 것은 아니다. '이 정도면 됐어'라고 선을 그을 줄 아는 지혜를 길러야 한다.

스스로의 빛으로 빛나야 한다

자네는 자신이 떠나려는 환경이 대단히 훌륭하고 영광스러운 자리라고 생각하고 있지. 그러니 앞으로 맘껏 즐길, 근심 없는 생활을 떠올릴 때마다, 떠날 준비를 하는 현재의 자리가 자네를 붙잡고 놓아 주질 않는 게지. 보잘것없고 초라한 상황으로 가라앉는 느낌도 들겠지. 친애하는 루킬리우스, 자네가 틀렸다네. 이 삶에서 저 삶으로 옮겨 가는 일은 자네의 상태를 고양시키는 일이야. 반짝이는 물체와 빛의 차이를 생각해 보게나. 빛은 스스로 빛을 내지만, 반짝이는 물체의 반짝임은 다른 곳으로부터 나오지. 이 삶과 저 삶의 차이도 바로 그런 것이야. 지금의 삶은 밖에서 오는 빛으로 인해 반짝거리는 것이라네. 그래서 그 길 위에 서 있는 사람은 누구라도 짙은 그림자를 드리우게 되지. 그러나 또 다른 삶은 스스로의 빛으로 빛날 것이라네.

– 〈편지 21〉, 《서간집》

선택의 갈림길에선 남이 아닌 나의 시선으로 서야 한다. 온전한 내 눈이라야 번쩍이는 광채 속에서 영혼을 데울 따뜻한 빛을 가릴 수 있다.

우리의 말과 삶은 조화를 이루어야 한다

자네는 내가 자네에게 보낸 편지가 세련되게 다듬어지지 않은 것 같다고 불평을 하는군. 하지만 젠 척하고 싶은 게 아니라면 누가 일일이 다듬어 가며 말을 하겠나?

나는 내 편지가 인위적이거나 뜬구름 잡는 이야기가 아니라, 그냥 쉽고 진솔했으면 좋겠네. 마주 앉아 이야기를 나눌 때 우리의 대화가 그러하듯 말이야. 생각하는 바를 말로 하는 대신 보여 줄 수 있다면 충분히 그렇게 할 수 있을 테지.

논쟁을 벌일 때조차, 나는 발을 구르거나 팔을 흔들거나 목소리를 높이지 않을 것이야. 그런 것은 웅변가의 몫으로 내버려두고, 나는 꾸밈없이 편안하게 내 뜻을 잘 전달한 것에 만족하려네.

자네에게 진정으로 밝혀 두고 싶은 점은 나는 내가 말한 것을 모두 믿고 있으며, 그저 믿기만 하는 게 아니라, 거기에 스스로를 묶어 두고 책임을 진다네.

우리가 나아갈 바 중 가장 으뜸으로 삼을 목표를 이런 것으로 정하면 어떨까. 반드시 생각한 것만 말하고, 말한 것을 생각하도록 하자. 우리의 말이 우리 삶과 조화를 이루도록 하자.

어떤 이의 모습과 말이 일치한다면, 그는 이런 목표를 이룬 사람이라 할 수 있겠지. 온전한 인간으로서의 자질과 위대함이 곧

모습을 드러내게 될 것이네.

우리 입에서 나오는 말이 재미를 주기보다는 혜택을 주는 것이 되도록 노력해 보세나.

– 〈편지 75〉, 《서간집》

'진실한 말은 아름답지 않고, 아름다운 말은 진실하지 아니하다.' 노자의 《도덕경》에 나오는 말이다. 꾸미고 보탤수록 추해지는 것이, 말이 아닌가 싶다.

행복과 불행은 마음의 작용

스스로의 행동으로 자기의 불운을 악화시키지 말고, 탄식으로 스스로를 짐 지우지 말게나. 쓸데없는 생각을 보태지 않는다면, 고통은 사소한 것이야. 더구나 만약 스스로를 격려하며 '이건 아무것도 아니야, 적어도 별로 큰 문제는 아니지. 끝까지 견디면 금방 지나갈 거야'라고 말한다면, 이미 그것은 사소한 일이 되고, 진짜 그렇게 될 것이네. 모든 것은 마음먹기에 달려 있다네. 야망이나 사치나 탐욕만 생각의 영향을 받는 것은 아니거든. 고통 역시 생각의 영향을 받는다네. 사람은 스스로 비참하다 믿는 만큼 비참해지지. 따라서 우리는 과거의 고통에 대한 불평과 불만을 멀리해야만 한다는 것이 내 생각이라네.

'그런 고통은 누구도 겪어 보지 못했을 거야. 아, 그 얼마나 지독한 고통과 비애를 견뎌야 했던가! 어느 누구도 내가 다시 일어서리라고는 생각하지 못했겠지. 친척들은 얼마나 자주 나를 죽은 목숨 취급했으며, 의사들은 얼마나 쉽게 나를 포기했던가!'

이런 말이 다 사실이라고 해도 과거일 뿐이라네. 과거에 그랬다고 다시 그 고통을 되새기며 비참해질 이유가 뭐란 말인가?

미래에 대한 두려움과 과거의 불편에 대한 기억, 이 두 가지

조건을 최소화하는 것이 옳지 않겠나. 전자는 아직 우리에게 영향을 주지 못하고, 후자 또한 더 이상 영향을 주지 못하기 때문이라네.

– 〈편지 78〉, 《서간집》

행복과 불행은 결국 마음의 작용이다. 스스로를 불행하다 믿는 만큼만 불행하다. 그리고 스스로 행복하다 믿는 만큼만 행복하다.

기분 나쁜 일은 지나가기 마련

모든 것을 보고 모든 것을 듣는다고 좋은 것은 아니다. 기분 나쁜 일은 곧 지나가기 마련이며, 깨닫지 못하면 속상할 일도 없다. 분노를 터뜨리지 않고 싶은가? 그럼 파고들고 싶은 유혹을 참아라. 자신에 대해 뭐라고들 떠드는지, 어떤 악의에 찬 소문이 나도는지, 은밀한 것까지 모두 캐내려는 사람은 자기 마음의 평화를 깨뜨리고 있는 것이다.

소크라테스는 주먹으로 얼굴을 얻어맞고는 그저 이렇게 말하고 말았다고 한다. '언제 투구를 쓰고 산책을 나가야 할지 알 수 없으니, 참 성가신 일이다'라고 말이다.

– 〈분노에 대하여〉, 《대화와 에세이》

나쁜 소문을 멀리해야 하는 이유는 나쁜 친구를 멀리해야 하는 까닭과 비슷하다. 부질없이 떠도는 소문은 마음만 오염시킬 뿐이다. 들리는 모든 것을 믿을 필요는 없다.

분노 조절법

분노는 흥분을 잘하는 사람은 물론이고, 조용하고 느긋한 성격을 가진 사람에게도 위험하다. 변화의 폭이 큰 만큼, 오히려 더 위험할 수 있고 더 큰 수치심을 낳기도 한다.

분노는 방종보다 나쁘다. 방종은 스스로의 쾌락으로부터 만족을 얻지만, 분노는 다른 사람의 고통으로부터 만족을 얻기 때문이다. 분노는 악의와 질투를 능가한다. 악의와 질투는 남이 불행해지기를 원하지만, 분노는 남을 불행하게 만들기를 원한다. 악의와 질투는 상대에게 우연히 찾아오는 불행을 기뻐할 따름이나, 분노는 때를 기다리지 못한다. 미운 상대가 해를 입기를 기다리지 않고, 직접 해를 입히려 덤벼든다.

분노는 자기에 대한 과대평가에서 나오기 때문에, 적극적인 감정 표현인 양 위장하려 해도 소용없다. 결국 좁은 속과 얕은 생각을 들키기 마련이다. 누군가에게 무시당하고 있다고 생각하는 사람이 상대보다 더 우월한 존재가 될 수는 없는 법이다. 하지만 진실로 큰 사람은 자기의 가치를 바르게 알고 있으므로, 상처를 받아도 잘 느끼지 못해 복수를 할 수가 없다.

복수란 고통을 받았다는 고백이다. 상처에 고개를 떨구는 마음은 위대한 정신이라 할 수 없다. 당신에게 상처를 준 사람은 당신보다 약한 자이거나 강한 자일 것이다. 만약 약하다면 그를 용서해 주어라. 강하다면 당신 자신을 용서해 주어라.

– 〈분노에 대하여〉, 《대화와 에세이》

병을 이기려면 먼저 병을 알아야 하듯, 분노를 이기려면 분노하는 마음을 잘 들여다보아야 한다. 분노에는 작은 불씨를 크게 키우는 폭발력이 있다. 그 파괴력을 다스리려면, 준비가 필요하다.

완전한 내 것도 영원한 내 것도 없다

마르키아,* 우리 주위에서 반짝이는 것들, 아이, 명예, 부, 커다란 저택, 문 열어 주기를 기다리는 손님들로 가득한 넓은 안마당, 화려한 명성, 좋은 집안 출신의 아름다운 아내, 그 밖의 불확실하고 변덕스러운 모든 것들이 실은 우리의 것이 아니며 잠시 빌려 온 장신구일 뿐입니다. 어느 것 하나 완전히 우리 소유로 받은 것은 없습니다.

우리는 주인에게 돌려주기로 하고 잠시 빌려 온 물건들로 꾸며진 무대 위에 서 있습니다.

어떤 것은 첫째 날 돌려주어야 하고, 어떤 것은 둘째 날 돌려주어야 하며, 드물지만 무대의 막이 내린 후 돌려주어도 되는 것이 있습니다. 그러니 마치 주위의 모든 것이 내 소유인 양 우쭐댈 처지가 결코 아닙니다.

모두 잠깐 빌린 남의 것이니 말입니다. 우리가 그것을 사용하고 누릴 수는 있겠으나, 대여 기간을 정할 수 있는 이는 그것을 나눠 준 분뿐입니다.

---

* 아우구스투스의 황후 리비아의 친한 벗. 젊은 아들을 잃고 슬퍼하는 마르키아에게 세네카가 위로의 편지를 보냈다.

우리가 할 수 있는 일은, 기한을 모른 채 빌린 것들을 잘 간직하고 있다가 돌려 달라고 하면 불평 없이 돌려주는 것뿐입니다.

– 〈마르키아에게 보내는 위로의 편지〉, 《대화와 에세이》

소중한 것을 잃은 마음을 어디에 비할 수 있을까? 그래도 처음부터 내 것이 아니었다고 생각하면, 조금은 위로가 된다.

타인의 훌륭한 면모를 질투의 눈으로 보지 말라

당신들에게는 어떤 이의 삶과 어떤 이의 죽음이 이러쿵저러쿵 떠들기 좋은 주제에 불과할 것이다. 뛰어난 장점으로 위대함을 이룬 이름을 들으면 낯선 사람을 본 강아지마냥 짖어대고 싶을 것이다. 어느 누구도 선한 사람으로 인정하지 않는 것이 편리하다는 것을 이미 눈치 챘기 때문일 것이다. 남의 미덕이 자기의 모든 과실을 꾸짖기라도 하듯 여겨지는 모양이다.

당신들은 타인의 훌륭한 면모와 자기의 허물을 질투의 눈으로 비교하면서, 이것이 스스로에게 얼마나 큰 손해인지를 전혀 모르고 있다. 만약 덕을 구하는 이를 욕심 많고 탐욕스럽고 야심 가득하다 비난한다면, 덕이라는 이름만 들어도 진저리를 치는 당신들은 도대체 어떤 사람이라 해야 옳은가? 당신은 말한다. 덕을 구하는 자들이 자기 말을 행동으로 옮기지도 않고, 자기가 주장한 이상을 삶 속에서 실천하지도 않는다고.

그들의 말이 대담하고 웅대하여 인간의 삶을 뒤흔드는 폭풍을 잘 견디어 왔다고 하여, 그게 그렇게 이상한 일이란 말인가.

– 〈행복한 삶에 대하여〉, 《대화와 에세이》

옳은 말을 하는 사람을 경멸하기는 쉽다. 스스로 내뱉은 말이 그의 굴레가 될 것이다. 그러나 불완전하더라도 도덕적으로 살아 보고자 애쓰는 것은 훌륭한 일이다. 우리가 그런 사람에게서 찾아내야 할 것은, 결함이 아니라 노력의 흔적이다.

스스로
생각하고 선택하라

가야 할 길을 안 가고 남이 가는 길로, 양떼처럼 앞선 무리를 따라가서는 안 된다.

많은 사람들이 옳다고 하는 말이 제일 좋다고 여기고 여론에 동조하는 것만큼 우리를 곤경에 빠뜨리는 일도 없다.

이렇게 되면 좋다고 여긴 순간, 따라야 할 것이 너무 많아지므로, 우리 삶의 원칙은 근거를 잃고 그저 모방만이 남게 된다.

그 결과 사람들은 폐허를 향해 달려가며 넘어지고 그 위에 또 넘어져 산더미를 이루게 된다.

군중이 서로 휘말리다 쓰러지면, 반드시 다른 사람과 함께 넘어지기 마련이며, 앞선 사람이 뒷사람에게 화를 입히게 되어 있다.

인생의 곳곳에서 이와 같은 일이 일어나는 것을 목격하게 된다.

길을 잘못 들어선 사람은 혼자 고생하고 마는 것이 아니라, 뒷사람까지 길을 잃게 만든다. 앞서 가는 사람을 무작정 따르는 것은 위험하다.

우리들이 자기 판단보다 남의 판단을 더 믿고 싶어 하는 이상, 자기 삶에 어떤 영향력도 행사하지 못한 채 남의 판단에 의지하며 살아갈 수밖에 없다.

그리하여 여러 사람을 거쳐 전해진 잘못된 판단에 사로잡혀 스

스스로를 피폐하게 만들고 만다.

– 〈행복한 삶에 대하여〉, 《대화와 에세이》

내 머리 속에 있는 생각은 어디까지가 내 것이고, 어디까지가 남의 생각일까? 지금까지 살아오면서, 남과 상관없이 나 스스로 생각하고 선택한 일은 얼마나 될까?

드러나지
않은 보물 찾기

그저 겉모습만 훌륭해 보이는 것이 아닌, 드러나지 않는 부분이 더 아름답고 조화롭고 강인한 무언가를 추구하도록 하자. 우리가 캐내려는 보물은 이런 것이어야 한다. 그리 깊이 묻혀 있지는 않을 테니 찾을 수 있을 것이다. 어느 쪽으로 손을 뻗어야 하는지, 우리는 그것만 알면 된다.

– 〈행복한 삶에 대하여〉, 《대화와 에세이》

진심으로 바라는 것이 있다면, 그것을 향해 똑바로 나아가고 있는지 점검해 보자. 엉뚱한 방향으로 기를 쓰고 가 봐야 소용없다. 방향만 잘 잡으면, 생각보다 빨리 도착할 수도 있다.

벗을 고르는 법

세레누스,*

벗을 고를 때는 성격을 유심히 살펴보고, 되도록이면 순수하지 못한 면이 많은 사람은 멀리해야 할 게야.

건강한 것이 건강하지 못한 것과 섞이면, 그때부터 병이 시작되는 것 아니겠나. 그렇다고 오직 현명한 사람만을 따르고 가까이 두라 이르는 것은 아니라네.

최고로 선한 사람을 찾기 힘들다면, 대신 최소로 악한 사람을 찾으면 되는 법이지.

사실 요즘처럼 선한 사람을 만나기 힘든 시대에, 지나치게 까다로운 선택만을 고집해도 곤란하겠지. 그래도 우울한 기질을 가진 자들만은 피하는 것이 좋아. 이런 사람들은 어떤 일에서든 눈물지을 명분을 찾아내고, 어떤 기회 앞에서도 불평으로 일관한다네.

---

* 세네카의 친척이자 친한 벗.

아무리 의리와 선의를 끝까지 지키는 벗이라도, 좌절과 한탄을 밥 먹듯 하는 사람 옆에서 나 홀로 마음의 평정을 지키기란 불가능한 일이라네.

– 〈마음의 평정에 대하여〉, 《대화와 에세이》

우정이 소중한 것은, 함께 있을 때 슬픔은 나눠지고 기쁨은 더해지기 때문이다. 함께 키워 가는 것이 어두운 마음뿐이라면, 그 우정의 의미가 무엇인지 다시 돌아보아야 한다.

목표 없이
헤매지 마라

여기저기 헤매고 다니는 짓은 되도록 안하는 게 좋겠어. 지금도 수많은 사람들이 집과 극장과 광장을 돌아다니며 갈등을 일으키고 있지. 그들은 남의 일에 끼어들어 뭐든 할 일을 찾아내고야 만단 말이야. 그런 사람들이 집을 나설 때 만약 '어디로 가는 길이오? 무슨 생각을 염두에 두고 계시오?'라는 질문을 받는다면, 이렇게 대답하겠지.

"실은 나도 모르겠소. 그래도 나가서 사람들 좀 만나고, 볼일도 좀 봐야죠."

그리고 쓸데없이 지쳐서 집으로 돌아오며, 자기가 왜 나갔는지, 어디에 있었는지 도무지 모를 일이라고 중얼거릴 게야. 하지만 다음 날이면 또 똑같은 길에서 헤매겠지. 그러므로 우리는 눈앞에 분명한 목표를 세워 두고, 모든 수고가 그 목표를 달성하는 데 쓰이도록 애써야 한다네.

인간은 하는 일이 많다고 정신이 없어지는 게 아니야. 현실을 잘못 바라보기 때문에 미쳐 가는 것일 뿐.

– 〈마음의 평정에 대하여〉, 《대화와 에세이》

목표가 없거나 잘못된 목표를 가진 이의 부지런함이 게으름보다 더 나쁜 결과를 가져올 수 있다. 어디로 향하는지도 모른 채 바쁘게 쫓긴다는 느낌이 든다면, 행동보다는 생각을 먼저 해야 할 때이다.

관용으로 사람을 대하라

네로 황제*시여

까다로움에 있어 인간만큼 능숙한 솜씨로 다루지 않으면 안 될 동물도 없습니다. 인간만큼 너그러운 마음으로 살펴주어야 하는 동물도 없습니다. 어리석게도 사람은 개와 같은 동물의 무리에게 화가 나도 수치심을 느낍니다. 그러니 같은 인간으로부터 더 못한 대우를 받으면 그 기분이 어떻겠습니까.

병을 보면 치료해 주려 애쓰지, 거기에 대고 화를 내는 사람은 없습니다. 그런데 마음의 병이라는 것도 있습니다. 이 병에는 환자를 사심 없이 걱정하는 의사와 따뜻한 치료가 필요합니다. 고칠 길이 없다고 포기하는 것은 실력 없는 의사나 하는 짓입니다. 마음의 병에 걸린 사람도 마찬가지입니다. 만인의 안위를 널리 보살펴야 할 의무가 있는 사람은 의사와 같은 일을 해야 합니다. 너무 빨리 희망을 버리거나, 고칠 수 없는 병이라고 단언해서는 안 됩니다. 환자의 어려움을 같이 아파해야 하고, 병의 진행을 막

---

* 로마 제국의 5대 황제. 세네카는 네로의 스승으로 오랫동안 그를 보필하였으나 결국 음모에 가담했다는 혐의로 그로부터 자결을 명령받는다.

을 방법을 찾아봐야 합니다.

시야가 좁은 사람들은 관용의 반대를 엄격함이라고 생각합니다. 그러나 미덕의 반대가 또 다른 미덕일 수는 없습니다. 그렇다면 관용의 반대는 무엇일까요? 그것은 바로 잔인함이고, 벌을 내리는 순간의 냉혹한 마음입니다.

– 〈너그러움에 대하여〉, 《대화와 에세이》

마음이 환한 빛으로 가득하면 눈도 따뜻해진다. 남을 향한 시선이 차가운 것은 마음이 얼어 있기 때문이다. 이를 냉철한 판단력이라고 착각하는 일은 없어야겠다.

중용의 진리

친애하는 루킬리우스*에게

어떤 사람은 친구에게나 털어놓을 수 있는 이야기를 낯선 사람에게 떠들며, 마음에 부담을 주는 짐을 아무 귀에나 내려놓으려 하지. 반면 어떤 사람은 가장 절친한 친구에게조차 속내 털어놓기를 주저하지. 이런 사람들은 할 수만 있다면 자기 자신을 믿는 것조차 경계하며, 모든 것을 마음속에 꽁꽁 봉해 두려 한다네.

어느 쪽도 우리가 갈 길은 아니야. 모든 사람을 믿는 것도, 아무도 믿지 않는 것도 똑같이 잘못이거든.

그래도, 첫 번째 잘못은 존경할 만하다고 할 수 있고, 두 번째 잘못은 안전하다고 볼 수 있지. 같은 맥락에서, 언제나 조급한 사람과 언제나 느긋한 사람을 생각해 보게나.

들떠서 부산스럽게 움직이는 것은 활발해서가 아니라 마음이 불안하고 급하기 때문이라네. 만사를 귀찮게 여기는 것은, 느긋해서가 아니라 게으르고 무기력한 탓이지.

* 세네카의 젊은 벗. 그에게 보내는 편지 형식의 글을 통해 세네카는 인생과 자연의 다양한 주제에 대한 자신의 철학을 풀어놓았다.

양쪽을 섞어야 하네. 느긋한 사람은 행동을 취해야 하고, 조급한 사람은 느긋함을 배워야 하는 법이야. 자연으로부터 배우도록 하게. 낮도 만들고 밤도 만든 것은 자네를 위해서였다고, 자연이 대답해 줄 걸세.

– 〈편지 3〉, 《서간집》

넘쳐도 좋지 않고 모자라도 좋지 않다. 뭐든 적당해야 좋다. 너무 당연해 진부한 소리 같지만 어쩔 수 없다. 대부분의 경우 중용이 진리이다.

물질을 부러워 마라

누구든 자기의 장점 말고 다른 것을 자랑거리로 여겨서는 안 된다네. 포도나무가 칭송을 받으려면, 가지가 휘어져 땅에 닿을 정도로 포도가 주렁주렁 달려 있어야 하는 법이지. 포도나무에 황금 열매나 황금 이파리가 달렸으면 좋겠다고 생각하는 사람이 누가 있겠나. 포도나무 고유의 미덕은 풍작이며, 우리가 사람에게서 높이 사는 점은 그 사람 고유의 것이어야 하네.

웅장한 저택과 일 잘하는 노예를 거느린 사람도 있겠지. 넓은 땅과 빌려 줄 돈이 많은 사람도 있겠지. 하지만 이중 어떤 것도 그 사람 내부에 자리한 것이 아니지 않은가. 그저 주위를 둘러싸고 있을 뿐이지. 우리가 칭송해야 할 것은 절대 남이 빼앗을 수도 줄 수도 없는 것, 그 사람 내부에 단단히 자리하고 있는 그런 것이라야 한다네.

– 〈편지 41〉, 《서간집》

내게 자랑할 것이 멋진 차나 좋은 집, 근사한 옷밖에 없다면, 진심으로 부끄러워해야 한다. 또한 부러워할 것이 그런 것들뿐이라면, 진심으로 그를 측은하게 여겨야 한다.

필요한 만큼만 욕망하라

자연이 인간에게 요구하는 것은 모두 자연에서 얻을 수 있지. 이런 자연의 은혜를 배반한 것이 사치라네. 사치는 날마다 세를 불리며 여러 시대를 거쳐 성장을 거듭했으며, 힘닿는 대로 악덕을 퍼뜨려 왔지. 처음에는 여분의 것을, 다음에는 유해한 것을 갈망하다가, 최근에는 정신을 육체에 예속시켜 탐욕의 노예로 삼아 버렸다네. 도시를 쉴 틈 없이 몰아붙이는 그 모든 일거리들은 육체를 위한 것이지. 한때 우리는 노예를 돌보듯 육체에 필요한 것을 마련해 주었지만, 이제는 주인을 섬기듯 육체를 모시고 있다네.

꼭 필요한 것만 바라게끔 우리의 욕망을 지켜 주던 자연스런 조절 기능은 사라져 버렸어. 이제 필요 이상을 원하는 것은 촌스럽고 궁색한 일이 되어 버리고 말았네.

– 〈편지 90〉, 《서간집》

문명이 발달할수록 자연과 인간은 자정력을 잃어 간다. 더 많이 갖고 더 편하게 살겠다는 욕심이 우리에게서 무엇을 빼앗아 가는지, 정신 똑바로 차리고 살펴볼 일이다.

역경 앞에
고개 숙이지 말라

뛰어난 가치는 역경이 없으면 시들어 버리고 만다네. 역경이란, 우리가 가진 가치의 역량과 힘을 보여 줄 수 있는 시간이며, 인내를 통해 그 힘을 증명할 수 있는 기회이지.

훌륭한 사람이라면, 고통과 어려움 앞에 고개를 숙이거나 운명을 탓해서는 안 되지. 어떤 일이 닥쳐도 그것을 받아들여 결과를 좋게 바꾸어 놓아야 한다네. 어떤 일을 겪어 내느냐보다 어떻게 겪어 내느냐가 더 중요한 법이라네.

– 〈섭리에 대하여〉, 《대화와 에세이》

사소한 일에도 불평하는 사람이 있는가 하면, 힘든 일도 쉽게 받아들이는 사람이 있다. 얼마나 편한 일을 하는가보다 얼마나 긍정적인 태도로 일하는가가 더 중요할 때가 많다.

삶은 서둘러 지나간다

시간에 값을 매길 수 있는 사람이 있으면 알려주게. 매일매일 죽음을 향해 다가가고 있음을 알면서도, 하루의 가치를 돈으로 평가할 수 있는 사람이 있거든 알려주게. 사실 죽음은 이미 오래 전에 시작되었는데, 우리는 죽음이 앞으로 다가올 미래의 일이라며 스스로를 속이고 있지.

그러니 루킬리우스여, 매 시간을 붙잡은 채 하겠다고 말한 일을 하게나. 이렇게 오늘을 꼭 붙들어야만 내일에 덜 기대도 될 것이라네. 계속 미루는 한, 삶은 서둘러 지나가 버린다네.

– 〈편지 1〉, 《서간집》

순간을 성실하게 붙잡는 사람에게 시간은 충분한 여유를 허락한다. 반면에 붙잡지 않는 시간은 모래처럼 손가락 사이로 새어 나가고 만다.

의심과 회의를 견디는 시간

모든 곳에 있는 사람은 아무 곳에도 없는 사람이라네. 평생을 여행하며 떠돈 사람은, 불러 주는 사람은 많아도 진정한 친구가 없는 법이야. 스스로를 어느 한 사상에 몰입시키지 못하고 서둘러 허겁지겁 모든 것을 받아들이는 사람도 마찬가지지.

치료법을 끊임없이 바꾸는 일만큼 치료에 도움이 되지 않는 일도 없지. 계속 옮겨 심은 묘목은 힘을 잃게 된다네. 진실로, 급하게 해치운 일이 크게 도움이 되는 경우는 없어.

— 〈편지 2〉, 《서간집》

확신이 뿌리를 내리려면 시간이 필요하다. 의심과 회의를 견디는 시간이 풍요로운 거름이 되어 줄 것이다.

제 발로 걷지 않는 것은 부끄러운 일이다

만약 자네가 모든 것을 자네 뜻대로 움직이고 싶다면 스스로를 이성에 복종시키게. 만약 이성이 자네를 통제한다면 자네는 많은 것을 통제할 수 있을 것이야. 무엇을 어떻게 시도해야 할지 이성으로부터 배우게 될 걸세. 무언가를 우연히 하지 않도록 하게.

제 발로 걷지 않고 실려 가는 것, 그러다 갑자기 혼란에 빠진 멍한 시선으로 '어쩌다 여기까지 왔을까?' 라고 묻는 것은, 부끄러운 일이지.

– 〈편지 37〉, 《서간집》

'생각한 대로 살지 않으면, 사는 대로 생각하게 된다.' 하루하루를 의도대로 살지 못하면, 어느 날 완전히 엉뚱한 곳에서 자신을 발견하게 될지도 모른다.

신이 깃들어야 선하다

신들은 법석을 떨지도, 질투를 하지도 않는다네. 그들은 자신들을 향해 올라오는 인간들에게 손을 내밀어 환영하지. 인간이 신에게 다가간다는 말에 놀랐는가?

신이 인간에게 다가온단 말이 맞겠지. 아니, 실은 더 가깝게, 신이 인간 속으로 들어오는 것이지. 신이 깃들지 않으면 어떤 마음도 선할 수가 없다네. 성스러운 씨앗은 인간의 몸속에 흩어져 있지.

만약 좋은 농부가 수확을 거둔다면 씨앗은 제자리를 잡은 듯 싹을 틔울 것이고, 원래 싹을 틔운 자리에서 무럭무럭 자라나는 씨앗처럼 편안하게 성장할 것이네. 만약 나쁜 농부라면 황폐하고 습한 땅처럼 씨앗의 숨통을 조여, 곡식 대신 쓰레기를 생산하고 말 테지.

– 〈편지 73〉, 《서간집》

내 안의 선한 마음을 믿자. 그 마음이 자유롭게 흐르고 넘쳐 우리 영혼을 가득 채우게 하자.

미셸 드 몽테뉴Michel de Montaigne, 1533~1592는 프랑스의 부유한 상인 집안에서 태어났다. 지방 재판소 관리를 거쳐 시장으로 선출되기도 했으나, 공직 생활에 매력을 느끼지 못하고 대부분의 시간을 서재에서 고전을 탐독하며 보냈다. 39세부터 오랜 독서와 일상의 경험을 결합시켜 자유로운 형식의 글을 써 나가기 시작했다. 그리고 그 글을 엮어 '시도'라는 뜻의 프랑스어 '에쎄essai'를 제목으로 한 수상집을 총 3권까지 출간하였다. '에세이수상록'라는 문학 장르의 원조가 된 이 글들을 통해, 우리는 인간의 본질과 누구보다 솔직하게 마주 섰던 몽테뉴의 자유로운 사상을 만날 수 있다.

2장

물러났다
다시 시작하기

몽테뉴

《에쎄Essai》

《에쎄》

《에쎄Essai》는 총 3권으로 이뤄진 수필집이다. 몽테뉴가 39세 되던 해인 1572년에 집필을 시작하여 1580년에 1권과 2권이 먼저 출간되었다. 그 후 기존 에세이에 내용을 추가하고 제3권을 붙여, 55세 되던 해인 1588년에 지금의 형태로 완성된 수상록이 세상에 나왔다. 몽테뉴는 이 수상록의 목적이 자기 자신을 가식 없이 탐구하는 것이라 밝히고 있다. 오랜 기간 독서와 사색을 통해 깊이 있는 평등사상과 실증주의를 발전시켰다. 그러나 학문의 허황됨을 누구보다 잘 알고 있었기에, 스스로 철학자라 자처하기를 꺼렸다. 그래서 지극히 개인적인 경험과 해학을 버무린, 당시로서는 매우 독특한 형태의 글을 정리해 놓은 것이다. 몽테뉴의 《에쎄》는 출간 당시에도 큰 인기를 누렸고, 그 후 수백 년 동안 변함없는 사랑을 받고 있다.

현재에 충실하기

우리는 하루도 집에 머무는 일 없이, 언제나 그 너머를 떠돈다. 두려움과 욕망과 희망이 우리를 미래로 내동댕이친다. 그리고 앞으로 생길 일, 심지어 우리가 이 세상 사람이 아닌 다음에 생길 일들로 마음을 어지럽힌다. 나아가 현재의 일을 제대로 느끼지도, 생각하지도 못하게 가로막는다.

미래를 두고 안절부절못하는 이는 가장 나약한 존재이다_ 세네카

– 〈감정은 우리의 존재를 넘어 저 멀리 가 버린다〉, 《에세》

과거의 슬픔이 나를 지배하지 못하도록, 미래를 근심하며 나를 낭비하지 않도록, 나는 현재의 짧은 순간 안에 꾸준히 머물 것이다.

우리의 무대는 내부에 있다

우리의 영혼이 맡은 역을 연기해야 하는 무대는 바깥의 공연장이 아니다. 그 무대는 우리 눈 말고는 어느 누구의 것으로도 꿰뚫어보지 못하는 우리의 내부, 우리 자신의 집 안에 있다.

– 〈영예에 대하여〉, 《에세》

무언가 진정으로 아름답다면, 무언가 오래도록 가치 있다면, 무언가 강한 힘을 가졌다면, 그 이유가 바깥이 아니라 안에 있음을 기억하자.

11

인간은 모든 일을 해낼 수 있다

나는 경험을 통해 어떤 사람이 어디서 실패하고 다른 사람이 어떻게 성공했는지, 어느 세기에 미지였던 사실이 다음 세기에 어떻게 분명해졌는지를 알고 있다.

과학과 예술은 틀에 넣어 떠내는 것이 아니라, 마치 곰이 느긋하게 새끼를 핥아 제 모습을 찾아주듯 반복적으로 갈고닦아 조금씩 틀을 잡아 나가는 것임도 알고 있다.

때문에 나는 내 능력으로 밝혀내지 못한 것을 탐구하고 실험하는 일을 멈추지 않는다.

이 새로운 재료를 주무르고 두들기고 젓고 데워서, 내 뒤에 오는 누군가가 이를 좀 더 쉽게 누릴 수 있는 방도를 열어 줌과 동시에 훨씬 다루기 편하도록 손에 척 들어맞게 만들어 준다.

다음 사람은 또 그만큼을 그 다음 사람에게 전해 줄 것이다. 이것이 내가 어려움 앞에 좌절하지 않는 이유이다.

무능력 앞에서도 마찬가지이며, 이것은 단지 나의 문제일 뿐이다. 인간은 어떤 일이라도 극복할 수 있듯, 모든 일을 해낼 수 있다.

– 〈인간은 지식을 가질 수 없다〉, 《에세》

지금 하고 있는 일이 결실 없이 끝날 수도 있다. 그렇다 해도 하나마나 한 일이었다고 비웃지 말자. 우리가 하는 일은 모두 누군가 벌여 놓은 일을 이어받은 것이다. 그리고 우리 다음에 그 일을 이어갈 사람도 얼마든지 있다. 인류는 이런 방식으로 여기까지 진화해 왔다.

우러러 추구할 목표가 있어야 한다

한번 자극을 받아 행동할 준비가 된 마음은, 무언가 붙잡을 거리를 만들어 주지 않는 이상, 자기 안에서 길을 잃고 만다. 따라서 늘 우러러보며 추구할 만한 목표를 마련해 주어야 한다.

원숭이나 강아지를 좋아하게 된 사람들을 두고, 플루타르크는 '마음 붙일 적절한 대상을 찾지 못해 아무것도 안 하는 것보다, 의미 없고 하찮은 것에라도 의지하고 싶어 하는 것이 사람'이라고 말한 바 있다. 우리 역시 진실하지 않은 허황한 목표를 세우고 금방 거기에 빠져드는 경우를 종종 보아 왔다. 심지어 그 목표가 자신의 신념에 어긋나더라도 아무것도 안 하는 것보다는 나았던 것이다.

– 〈진실한 목표가 없을 때 마음은 거짓된 목표에 열정을 쏟고 만다〉, 《에세》

정신이 너무 가벼우면 이리저리 부딪히며 바쁘게 떠돌기만 할 뿐이다. 정신에게는 목표에 부합되는 적당한 무게가 필요하다.

예법에 따르되 구속시키진 말라

각 나라는 물론이고 각 도시에도 특정한 형태의 예의가 따로 있으며, 각 직업들마저도 그러하다.

나는 어린 시절부터 예의를 최대로 갖추도록 교육받아 왔고, 프랑스식 예절을 잘 알고 있는 사람들과 교류하며 살아왔다. 내 예절 지식이라면 충분히 학교도 열 수 있을 것이다.

나는 항상 예법을 따를 것이나, 너무 겁을 낸 나머지 내 삶을 구속시키는 일은 없을 것이다. 일부 예의범절 중에는 모양새가 성가신 것도 있는데, 몰라서가 아니라 분별 있게 행동하느라 예절을 지키지 못했다면 결코 품위를 잃었다고 할 수 없다.

너무 예의를 차린 나머지 예의를 벗어난 사람이나, 너무 정중한 나머지 성가시게 구는 사람 또한 종종 보아 왔다.

예절은 매우 유용한 지식으로 사회적으로도 쓸모가 많다. 품위나 아름다움처럼, 예절 역시 최초로 친밀한 사회적 유대를 맺어갈 때 중재자 역할을 한다. 그리하여 다른 사람을 보면서 배울 기회의 문이 열리게 되는 것이고, 나 자신의 예를 보여 주고 드러낼 수도 있다.

특히 그 예가 교육적이고 상호 소통이 가능한 것이라면 말이다.

– 〈왕들의 회담〉, 《에세》

똑같은 행동이 어떤 사람에게는 좋고 어떤 사람에게는 나쁠 수 있다. 가장 지혜로운 예의는 상대를 먼저 이해하는 것, 그리고 내가 대접받고 싶은 만큼 그를 대접하는 것이다.

스스로의 무지를 아는 지혜

아, 오만이여! 우리를 얼마나 방해하려는가! 소크라테스는 지혜의 신이 그에게 현자의 지위를 부여했다는 칭송을 듣고 매우 놀랐다. 그리고 스스로를 남김없이 들여다보고 또 들여다보았지만, 그런 신성한 칭호를 들을 근거를 찾지 못했다. 그는 이미 학식이든 용기든 성품이든 자신이 가진 것 이상으로 충분히 갖춘 데다, 더 잘생기고 웅변에도 능하여 나라에 보탬이 되는 인재들을 많이 알고 있었다. 그리하여 마침내 소크라테스는 자기가 그들과는 다르며, 현명하긴 하나 오직 스스로를 현명하다 여기지 않는 점에서만 현명하다는 결론에 이르렀다. 그리고 우리가 지닌 학식과 지혜를 신은 그저 인간의 한 조각 우매함에 불과하다 여김을 깨달았다. 또한, 자신이 가진 가장 좋은 지식은 스스로의 무지를 아는 것이고, 제일 훌륭한 지혜는 소박함이라는 데 생각이 이르렀다.

– 〈지식은 인간을 착하게 만들지 못한다〉, 《에세》

오만은 마음의 둘레에 높은 벽을 쌓는 일이다. 그 차단된 벽 안에서 마음은 진실한 것을 하나도 보지 못한 채 말라죽고 만다.

중심을 잃지 말아라

옛날 뱃사람들은 거대한 폭풍우를 만나면 바다의 신 넵투누스에게 이렇게 말했다.

"오, 신이여! 나를 살리려면 살리고, 죽이려면 죽이시오. 어쨌든 나는 내 키를 똑바로 잡고 놓지 않을 것이오."

– 〈영예에 대하여〉, 《에쎄》

때로는 남의 뜻에 흔들리고 운명에 붙잡히는 것이 인생이라 하더라도, 내 의지만은 중심을 잃지 않을 것이다. 내 의지만은 끝까지 살아남아 나와 함께 길을 찾아 나설 것이다.

어진 마음에 귀를 기울여라

나는 일을 성사시키기 위해 내 믿음을 저버리느니, 차라리 일의 목이 부러지도록 내버려둘 것이다. 새로이 유행하고 있는 위선과 위장이라는 가치가 현재 높은 신용을 얻고 있는 것은 알지만, 나는 이를 몹시 증오하기 때문이다. 모든 악덕 중에서 위선과 위장만큼 천박하고 비굴한 심리를 잘 드러내 주는 것은 없다. 가면으로 스스로를 가리고 위장하는 것, 그렇게 자신의 모습을 있는 그대로 드러내지 못하는 것은 비겁한 노예근성이다. 이런 식으로 우리 시대의 사람들은 배신의 훈련을 받는다. 거짓 단어를 내뱉는 데 익숙해짐으로써, 그들은 약속을 깨고도 가책을 느끼지 않는다. 어진 마음은 자기 생각을 배반하지 않아야 한다. 어진 마음은 가장 깊은 곳까지 남김없이 드러낸다. 그 안의 모든 것은 선하거나, 적어도 인간적인 것이라야 할 것이다.

– 〈교만에 대하여〉, 《에세》

혼란스러운 상황이 오면, 유혹적인 속삭임을 물리치고 오직 하나의 소리에만 귀를 기울이자. 양심의 소리는 어떤 혼돈 속에서도 진실을 알려줄 것이다.

모든 것을
다 말할 필요는 없다

모든 것을 다 말할 필요는 없다. 그것은 어리석은 짓이기 때문이다. 그러나 우리가 말하는 것은 우리가 생각하는 것이라야만 한다. 그렇지 않다면 그건 악의이다.

– 〈교만에 대하여〉, 《에세》

하려는 말의 절반만을 말하자. 이 절반은 늘 진실이 되도록 노력하자. 그리고 나머지 절반은 침묵으로 말하도록 내버려 두자.

너무 많이 고려하면 길을 잃고 만다

꿰뚫듯 명쾌하고자 하는 의지에는 너무 많은 의문과 미묘함이 깃들어 있다. 이것을 실제로 활용하기 좋도록 만들려면, 좀 더 둔중하고 무디게 할 필요가 있다. 그리고 이 그늘진 세속의 삶에 연결시키려면 좀 더 탁하고 모호하게 만들 필요가 있다. 따라서 사무를 처리하는 데 있어서는, 평범하면서도 덜 예민한 정신이 더 적합하고 성공적이다. 고매하고 민감한 철학 사상은 실천하기에 부적당한 경우가 많다. 정신의 예리한 기운, 어디로 튈지 모르는 그 불안한 다면성은 오히려 우리의 협상을 방해한다. 사업은 좀 더 거칠고 표면적으로 다루어야 한다. 그리고 많은 중요한 부분을 운에 맡겨 두기도 해야 한다. 사무적 일을 그렇게 깊고 섬세하게 밝힐 필요는 없다. 상반되는 측면이나 다양한 모양새를 너무 많이 고려하다 보면 길을 잃고 만다.

– 〈인간은 순수한 것을 맛볼 수 없다〉, 《에세》

잔가지를 쳐낸 나무처럼 굵은 둥치로 든든한 뿌리를 내리고 싶다. 온갖 사소한 자극에 갈팡질팡하고 싶지 않다. 정말 중요한 것은 모두를 아우르는 큰 흐름이다.

위대한 학자가 위대한 현자는 아니다

나이를 먹어 가면서 나는 '가장 위대한 학자가 가장 위대한 현자는 아님'을 깨달았다.

비유해 보자면 식물도 지나치게 물을 많이 주면 썩어 버리고, 램프도 기름을 많이 부으면 꺼져 버리는 것처럼, 우리 정신도 너무 많은 지식을 넣으면 억눌려서 못 움직이는 것이다. 잡다하게 많은 것들에 사로잡힌 채 얽매이다 보면 그것을 풀 능력을 잃어버리고, 그 무게에 눌려 옴짝달싹하기 어려워진다.

마음이 담기지 않은 지식은 아무것도 아니다_ 스토바에우스

지식은 좋은 약이다. 그러나 오염된 병에 담아도 변하거나 썩지 않고 보존될 만큼 강한 약은 없다.

– 〈지식을 자랑함에 대하여〉, 《에쎄》

온갖 지식과 자료를 찾아 동분서주하느라, 점점 생각을 잃어 가고 있는 것은 아닐까? 지식만으로 지혜로워질 수는 없다. 스스로 생각하지 못하면, 때론 '너무 많은 지식'에 발목을 잡히기도 한다.

우정은 고르게 퍼지는 온기

사랑은 더 활발하고 뜨겁고 격렬하다. 그러나 이것은 경박하고 변덕스런 불길이다.

변화무쌍하게 흔들리는 이 불꽃은 타오르기도 쉽고 사그라지기도 쉬워, 마음 한구석밖에는 사로잡지 못한다.

그러나 우정은 고르게 퍼지는 온기이다. 적당하고 지속적이며 안정적이다. 매끄럽고 부드러워, 쓰라리거나 아픈 구석도 없다.

우정이란 영적인 것이어서, 마음으로 소망하는 만큼 누릴 수 있다. 누리는 만큼 자라고 번성하며 늘어나고, 누릴수록 영혼이 다듬어진다.

옛날 메난데르그리스의 극작가는 진정한 친구의 그림자라도 만날 수 있는 사람은 행복하다고 단언했다. 옳은 말이다. 경험에서 우러나온 말이라면 더욱 그렇다.

사실 내 삶을 돌아보자면, 나는 지금껏 하나님의 은총 덕분으로 즐겁고 편안하게, 진정한 친구를 잃은 것 말고는 유달리 심한 고통 없이, 그저 내게 주어진 것만을 누리며 평온하기 그지없는 나날을 보내 왔다.

그러나 그 친구와의 감미로운 교류를 누릴 수 있었던 4년의 시간과 비교한다면, 나머지 세월은 흐리고 어둡고 적막한 밤에 지나지 않았다.

– 〈우정에 대하여〉, 《에쎄》

문득 외로울 때면, 모든 것을 내줄 것만 같았던 어린 시절 단짝 친구가 그리워진다. 오늘은 옛 친구에게 다정히 말을 걸고 싶은 날이다.

사색과 교양은 경험을 통해 훈련

사색과 교양은 우리가 기꺼이 신뢰하는 것이지만, 이와 더불어 우리가 원하는 방향대로 움직이도록 경험을 통해 마음을 다지고 훈련시켜야 한다. 그렇지 않으면 이 사색과 교양이 우리에게 행동을 불러일으킬 만큼 충분히 강력해지기란 쉽지 않다.

– 〈실천에 대하여〉, 《에세》

생각만으로 바꿀 수 있는 것은 없다. 생각이 혈류를 타고 온몸으로 퍼질 때까지, 그리하여 습관이란 이름으로 구석구석 배일 때까지 몸을 움직여야 한다.

고통을 다스리는 법

도망가면 적이 오히려 더 집요하게 쫓아오듯, 고통도 우리가 그 그림자 아래서 두려움에 떨수록 더 거만해진다. 그러나 차분하게 고통과 맞서는 사람에게는 훨씬 순한 모습을 보일 것이다. 우리는 스스로를 다잡아 고통에 맞서야 한다. 물러나 꼬리를 감추는 것은, 스스로 파멸의 위협을 자초하는 짓이다. 웬만한 타격에도 흔들리지 않도록 몸을 굳건하게 세우듯, 마음 또한 그렇게 해야 한다.

–〈선악의 취미는 대부분 우리가 가지고 있는 생각에 달려 있다〉, 《에쎄》

불은 파괴적이지만 곁에 두고 잘 다스리면 더없이 유용하다. 피할 수 없는 고통이라면 잘 다스리는 수밖에 없다. 곁에 두고 지내다 보면 생각보다 많은 것을 얻을 수 있다.

고통과 즐거움은 함께 오는 것이다

인간의 비참한 조건으로 인해 우리에겐 즐겨야 할 일보다 피해야 할 일이 더 많고, 지극한 즐거움도 가벼운 고통보다 느낌이 덜하다. 우리는 완벽한 건강의 기쁨을 제일 가벼운 병만큼도 느끼지 못한다.

그러나 나는 가능하지도, 희망할 만하지도 않는 이 고통 없는 상태를 찬양하지 않는다. 나는 병에 걸리지 않아서 좋다. 그러나 만약 병에 걸리게 되면, 그 사실을 있는 그대로 인정하고 싶다.

만약 사람들이 내 살을 태우고 가른다면, 그것 또한 있는 그대로 느끼고 싶다. 진실로, 고통의 인식을 뽑아 없애는 자는 동시에 쾌락의 인식마저 근절시킬 것이며, 마침내 인간 자체를 파괴할 것이다.

"이러한 무감각은 냉담한 영혼과 무기력한 육체라는 비싼 값을 치르지 않고는 얻지 못할 것이다." 키케로

고통이라 하여 언제나 피해야만 할 것도 아니고, 즐거움이라 하여 언제나 좇아야만 할 것도 아니다.

– 〈인간은 동물보다 나을 것이 없다〉, 《에세》

죽음이 없다면 삶의 진정한 의미를 느낄 수 없는 것처럼, 고통이 없다면 행복의 참의미를 알 수 없을 것이다. 행복도 불행도 삶의 일부로 대범하게 끌어안고 싶다.

모든 일은 우주의 거대한 흐름 속에 있다

내 행동은 나라는 인물과 내 처지에 맞게 조절되어 있다. 그 이상으로 더 잘할 수는 없다. 그리고 후회란 우리 힘으로 어찌할 수 없는 일이므로 연연해하는 것은 좋지 않다. 물론 아쉬울 수는 있다. 나보다 더 고매하고 잘 다듬어진 성정을 지닌 수많은 사람들이 떠오르긴 하지만, 그렇다고 내 특성을 바꿀 수는 없다. 나보다 훨씬 강인한 남의 팔다리나 정신을 떠올린다고, 내 몸이나 정신이 더 강해지진 않는 것처럼 말이다.

사람들이 다루는 문제에는 짐작할 수 없는 어떤 비밀스런 부분들이 있게 마련이다. 특히 인간의 본성에는 말없이 숨어 있는 요소들, 때로는 자신조차 모르다가 예기치 않은 상황을 만나서야 비로소 드러나는 요소들이 있다.

내가 가진 분별력으로 그 속을 미리 꿰뚫어보고 예측하지 못했다 해도, 나는 크게 원통해하지 않는다. 분별의 책임은 그 능력의 한도 안에 있기 때문이다. 결과가 나를 질책한다 해도, 또 내가 선택하지 않은 길이 더 좋았다 해도, 이는 어쩔 수 없는 일 아닌가. 나는 스스로를 비난하지 않는다. 내가 선택한 일이 아니라 내가 가진 운을 탓할 뿐이다. 이것을 후회라 할 수는 없을 것이다.

이런 생각을 하면 위로가 된다. 모든 일은 우주의 거대한 흐름 속에 있으며, 스토아학파가 말하는 원인의 연쇄 속에 있다. 과거와 미래, 그리고 우주의 모든 질서를 뒤집어 놓지 않는 한, 소망이든 상상이든 우리의 생각은 그 속의 점 하나도 바꾸어 놓을 수 없다.

– 〈후회에 대하여〉, 《에쎄》

최선이란 자신이 할 수 있는 만큼을 다하는 것이다. 내가 할 수 있는 곳에서, 할 수 있는 대상에게, 할 수 있는 모든 방법을 동원하는 것이다. 그러고도 남는 후회는 내 몫이 아니다.

자신의 뒷모습을 보지 못하는 눈

누구에게나 자기의 방귀는 구수하다_ 에라스무스

우리 눈은 자기의 뒷모습을 보지 못한다. 우리는 하루에 백 번은 이웃의 일로 스스로를 비웃으며, 자신에게 더 분명하게 존재하는 결함을 남에게서 찾아내며 미워한다.

스스로 깨끗하지 못하다면 누구도 비판해서는 안 된다는 말을 하려는 것이 아니다. 비판을 하려면 적어도 같은 종류의 잘못은 없어야 한다는 뜻도 아니다. 그러다가는 아무도 비판하지 못할 것이다. 내 말은, 우리의 판단력이 지금 문제로 떠오른 사람을 비난한다 할지라도 자기 스스로에 대한 반성의 책임 또한 잊어서는 안 된다는 것뿐이다.

비록 자신의 결점을 완벽히 극복하지 못했더라도 자기보다 조금 덜 심하고 덜 뿌리 깊어 보이는 남의 결점을 고쳐 주려 애쓰는 것은 훌륭한 봉사이다.

그러나 내 잘못을 보고 일러 주는 이에게 당신 역시 똑같은 결점을 가졌다고 대답하는 것은 옳은 일이 아니다. 그래서 어떻단 말인가!

어쨌든 그의 지적은 사실이며 유익하지 않은가. 건강한 코를 가진 사람이라면, 자신의 배설물이 자기 것인 까닭에 더 구려야 할 일이다.

– 〈논변의 기술에 대하여〉, 《에세》

좋은 충고를 가려 듣고 싶다. 내게 약이 되는 것이라면 몇 번을 듣더라도 순하게 새기고 싶다. 어리석은 짓을 저지른 후에야 누구도 충고해 주지 않았다고 원망하는 일이 없었으면 좋겠다.

목표를 잃은 영혼은 오갈 데가 없다

정신은 무언가 열중할 만한 일거리를 주어 바쁘게 만들어 놓지 않으면, 어느새 바른 길을 벗어나 모호한 공상의 들판을 헤매고 만다.

이런 동요 속에 있다 보면, 게으르고 헛된 생각이 나오지 않을 수 없다. 정해진 목표를 잃은 영혼은 오갈 데가 없다. 흔히 말하듯, 모든 곳에 있다는 것은 아무 데도 없다는 것과 같으므로.

최근 나는 은퇴하여 얼마 남지 않은 여생을 조용히 은둔하며, 될 수 있는 한 어떤 일에도 관여하지 않고 살기로 했다. 자유로이 영혼을 풀어 놓고 한껏 게으름을 즐기게 두는 것 이상으로 내 정신에 좋은 일은 없기 때문이다. 세월이 이만큼 흘렀으니 정신은 무르익고 진중해지기도 훨씬 쉬울 거라 기대하였다. 그러나 내게 돌아온 것은 다음과 같은 깨달음뿐이었다.

한가하기만 한 시간은 정신을 산란케 한다_ 루카누스

– 〈나태에 대하여〉, 《에쎄》

모든 일을 접고 멀리 떠난다 해서, 당신 내면에 잠자고 있는 모든 정신이 깨어나지는 않는다. 내가 사는 공간과 시간의 치열함이 오히려 정신의 좋은 자극제가 될 수 있다.

책은 인생 여정의 최고 장비

책은 언제나 내 곁을 지키며 어디를 가든 함께한다. 책은 나이 들고 외로운 나를 위로한다. 권태로운 무력감을 덜어 주고, 성가신 인간관계로부터 나를 해방시켜 준다. 매우 심한 경우가 아니라면 슬픔의 날마저도 무디게 해 준다. 불쾌한 생각에서 벗어나고 싶다면, 그저 책을 펼치기만 하면 된다. 책은 쉽게 나를 몰입시켜 잡념을 앗아간다. 보다 사실적이고 생생하며, 자연스런 쾌락을 쫓는 나를 알면서도 배신하는 일이 없다. 책은 늘 한결같은 얼굴로 나를 맞아 준다.

나는 평화로울 때도, 전쟁 중에도 책 없이 여행하지 않는다. 하지만 며칠 혹은 몇 달 동안 책장을 펼치지 않을 때도 있다. 곧, 아니면 내일, 그도 아니면 내킬 때 하리라 생각하는 사이 시간은 쏜살같이 날아가 버린다. 하지만 그것이 마음을 해하지는 못한다. 온전한 내 시간이 왔을 때 책이 내게 줄 즐거움과 도움을 상상하기만 해도, 형언할 수 없는 위안과 평화를 얻을 수 있기 때문이다.

책은 이번 인생의 여정에서 내가 찾아낸 최고의 장비이다. 지각 있는 자로서 이것을 갖추지 못했다면, 불쌍하기 짝이 없는 인간이다. 다른 오락거리가 아무리 하찮아도 낙담할 이유가 없으므로, 나는 무엇이든 쉽게 받아들일 수 있다.

책을 단지 놀잇감이나 소일거리로 삼는 것은 뮤즈의 이름을 더럽히는 짓이라 말하는 이가 있다면, 쾌락과 놀이와 여가의 가치를 모르고 하는 소리이다. 그 가치에 비한다면 다른 목표 따위는 우스꽝스런 일이라 말하고 싶다.

젊어서 나는 과시하기 위해 공부했고, 시간이 흐른 후에는 약간의 지혜를 얻기 위해 공부했다. 지금은 무엇을 얻기 위해서가 아니라 재미로 한다.

– 〈세 가지 사귐에 대하여〉, 《에세》

아무런 목적 없이 책을 통해 순수한 기쁨과 즐거움을 맛볼 때가 있다. 그때 비로소 책을 친구 삼는 일이 어떤 느낌인지 알게 된다.

아름다운
삶이란 순리에 따르는 것

나는 춤출 때 춤을 추며, 잠잘 때 잠을 잔다.

나는 철학 사상들 중에서 가장 견실한 것, 다시 말해 가장 우리에게 맞는, 인간적인 것을 기꺼이 받아들인다. 나의 사상은 내 행동에 걸맞게 초라하고 소박하다.

철학이 우리에게 달려들어 세속과 신성을, 비이성과 이성을, 관대함과 엄격함을, 불명예와 명예를 조화시켜 보려 하는 시도를 야만적이라 주장하는 것은 매우 유치한 짓이다.

자기 존재를 바르게 누릴 줄 아는 것이야말로, 절대적인 완벽이며 궁극의 신성이다. 스스로를 어떻게 써야 할지 모르기 때문에 다른 조건을 찾는 것이며, 우리 내면이 어떠한지 모르기 때문에 밖으로 빠져나가려 하는 것이다.

하지만 준마를 타고 아무리 높이 올라 본들, 여전히 자기 다리로 걸어야 하는데 무슨 소용이란 말인가.

세상 그 어떤 높은 왕좌라 해도, 그곳에 앉는 것은 여전히 자신의 궁둥이가 아닌가.

내가 생각하는 가장 아름다운 삶이란, 남다른 괴벽이나 기적

없이 순리에 따라 평범한 인간의 길을 차근차근 밟아 나가는 것이다.

– 〈경험에 대하여〉, 《에쎄》

높은 신념이나 가치를 추구하는 삶에 비하면, 반복되는 평범한 일상은 얼마나 초라해 보이는가. 그러나 일상을 꼿꼿하게 견디는 일이야말로, 삶을 가장 진실하게 사는 길이라 믿는다.

운은 좋고 나쁜 재료와 씨앗일 뿐

같은 불행에도 더 괴로워하는 사람이 있고, 덜 괴로워하는 사람이 있다. 같은 행운에도 더 기뻐하는 사람이 있고, 덜 기뻐하는 사람이 있다. 인생의 꽤 많은 행복과 불행이 이처럼 우리 마음먹기에 달려 있다.

운은 우리를 좋게도 나쁘게도 하지 않는다. 운은 다만 우리에게 좋고 나쁜 재료와 씨앗을 줄 뿐이다. 우리의 영혼은 운보다 강하여 이 재료와 씨앗을 내키는 대로 쓰거나 버릴 수 있으며, 오직 그 결과에 의해 행복과 불행이 생겨난다.

게으른 자에게는 공부가, 주정뱅이에게는 금주가, 사치스런 자에게는 검약이, 몸이 약하여 빈둥거리며 지내는 자에게는 운동 자체가 실로 고문이 아닐 수 없을 것이다. 환경은 그 자체로는 고통스러운 것도 어려운 것도 아니다. 우리의 나약함과 비겁함이 그것들을 고통스럽게도 어렵게도 만들 뿐이다.

– 〈선과 악에 대한 취향은 대부분 우리 마음에 달려 있다〉, 《에세》

한 번의 웃음이 그저 그런 수많은 웃음 중 하나가 될 수도 있고, 영혼을 일으키는 밝은 기운이 될 수도 있다. 한 가지 희망이 그저 그런 부질없는 희망 중 하나가 될 수도 있고, 삶을 바꾸는 결정적 계기가 될 수도 있다. 선택은 나에게 달려 있다.

용기와 만용 사이

용기 역시 다른 미덕처럼 한계가 있다. 일단 이런 한계선을 넘으면 악덕의 길로 들어서게 된다. 그 한계를 잘 알지 못하면 우리의 용기는 어느새 만용이나 고집, 광기로 변해 버리고 만다.

–〈잘못된 판단으로 진지를 사수하려는 만용을 부리는 자는 처벌받아야 한다〉, 《에세》

용기와 만용은 다르다. 내가 여기서 멈출 수 없는 이유가 희망일까, 미련일까? 둘의 차이는 완전히 다른 결과를 낳을 것이다.

습관의 힘

다음의 이야기를 지어 낸 사람은 습관의 힘을 매우 잘 알고 있었음이 분명하다. 한 시골 여인이 갓 태어난 송아지를 줄곧 팔에 안고 쓰다듬으며 길렀다. 이것이 습관으로 굳어지다 보니, 여인은 송아지가 커다란 황소로 자란 후에도 안고 다니게 되었다. 사실 습관이란 보기보다 매섭고 융통성 없는 여교사와 같기 때문이다.

습관은 우리를 조금씩 그러나 꾸준하게 자기 영향력 안으로 끌어들인다. 처음에는 순하고 잔잔하게 다가오지만, 시간의 도움으로 뿌리를 뻗기 시작하면 곧 우리를 향해 성난 독재자의 얼굴을 드러낸다. 그 얼굴을 향해 눈을 치켜뜰 자유마저 잃고 만다. 결국 우리는 습관이 자연의 법칙을 밀어내는 모습을 뻔히 보고 있을 수밖에 없다.

습관은 세상 어떤 것보다 확실한 스승이다_ 플리니우스

– 〈습관과 한번 들인 습관은 잘 바뀌지지 않음에 대하여〉, 《에쎄》

습관은 어떤 신념이나 결단보다 강한 힘을 지녔다. 어떤 폭발적인 힘일지라도 오래되고 조용한 습관을 이길 수 없다.

상식을 깨는 시각과 경험

추운 겨울날 어느 거지가 홑겹 옷 한 벌을 달랑 걸치고도 수달 가죽으로 귀까지 감싼 사람과 다름없이 활력 넘치는 걸 보고, 누군가가 어떻게 추위를 견디는지 물었다고 한다. 그러자 거지가 이렇게 대답했다.

"나으리도 얼굴은 내놓고 다니시지 않습니까? 저는 몸 전체가 얼굴이랍니다."

이탈리아의 플로렌스 공작과 어릿광대의 일화도 있는데, 어느 날 공작이 어릿광대에게 자신도 견디기 힘든 추위를 어떻게 견디고 사는지 물었다고 한다. 그러자 그는 이런 대답을 했다.

"제 식대로 한번 해보시렵니까? 갖고 있는 옷을 몽땅 꺼내 입고 다녀보십쇼. 추위로 고생하는 일이 절대 없으실 겁니다. 제가 그렇거든요."

– 〈옷 입는 관습에 대하여〉, 《에쎄》

우리가 굳게 믿고 있는 상식과 기준의 잣대가 지루하게 느껴질 때가 있다. 상식을 깨는 시각이나 경험이 때로는 세상을 좀 더 유쾌하게 만들어 준다.

미덕을
아름답게 그려라

사람들이 위대한 이름과 위대한 자질을 깎아내리는 데 들이는 수고 이상으로, 나는 그것을 더 높이 올려놓기 위해 기꺼이 내 어깨를 빌려 주리라. 인간의 지혜가 모범으로 규정한 위대한 인물들을 그들 명예에 걸맞은 자리로 돌려보내는 데 조금도 주저하지 않으리라. 최선을 다하여 호의적인 시선으로 그들을 바라보고 해석하리라.

미덕의 모습을 가능한 한 아름답게 그려 나가는 것이 선한 사람의 의무이다. 훌륭한 모범에 빠져들어 감동받는 일이 어째서 우리에게 어울리지 않는 일이라 생각하는가.

– 〈작은 카토에 대하여〉, 《에세》

칭찬과 미담을 집요하게 캐내고 퍼뜨리는 사회에 살고 싶다. 다른 이의 장점을 말하지 않으면 입이 근질거려 견딜 수 없는 사람이 되고 싶다.

말을 멈출 지점

일단 말문이 열리면 적당한 순간에 그것을 끊고 짧게 마무리하기란 쉽지 않다. 경주마의 강인함을 평가하는 가장 확실한 방법은, 전속력으로 달리다가 얼마나 짧은 순간 멈출 수 있느냐를 보는 것이다. 이야기를 조리 있게 잘하는 사람조차 멈춰야 함을 알면서도 멈추지 못하는 경우를 종종 본다. 말을 멈출 지점을 찾으면서도 횡설수설 끌고 가는 폼이, 마치 몸이 허약해 쓰러지기 일보 직전의 사람과도 같다.

– 〈거짓말에 대하여〉, 《에쎄》

말은 딱 생각한 만큼만 하자. 생각보다 말이 길어지면, 결국 제 길을 잃고 만다. 말의 힘은 짧을 때 강해지고, 길어지면 약해지는 법이다.

기억력은 보여 주고 싶은 것만 보여 준다

기억력은 우리가 선택하는 것을 보여 주는 것이 아니라, 자기가 보여 주고 싶은 것만을 보여 준다. 잊고 싶다는 열망만큼 그 기억을 우리 뇌 속에 강렬하게 심어 놓는 것은 없다.

– 〈지식은 인간을 행복하게 만들지 못한다〉, 《에세》

망각은 노력으로 얻을 수 있는 것이 아니다. 잊고 싶은 기억을 지우려 굳이 애쓰지 말자. 기억은 그저 제 속도대로 지나갈 뿐이다.

물러났다
다시 시작하기

책을 읽다 어려운 구절을 만나더라도, 나는 손톱을 씹어 가며 고민하지 않는다. 한두 번 공략하다 안 되면 그냥 내버려 둔다. 거기에 집착하면 방향을 잃고 시간만 낭비하게 된다.

처음 한두 번으로 이해되지 않는 것은, 계속 물고 늘어져도 뾰족한 수가 나지 않는다. 나는 즐겁게 할 수 없다면 아무 일도 하지 않는다. 멈출 줄 모른 채 긴장의 연속인 시간을 보내면, 정신이 흐려지고 우울해지며 판단력까지 약해진다. 혼돈 속에 시야 또한 흐려진다. 이럴 때는 일단 물러났다가 다시 시작하는 편이 낫다.

광채 찬란한 주황색 옷감을 제대로 보려면, 몇 차례 전체를 훑어 눈에 익숙하게 만든 후, 여러 번에 걸쳐 다양하고 새로운 시선으로 보아야 하는 것과 같은 이치다.

– 〈책에 대하여〉, 《에쎄》

어둠에 익숙해진 눈으로 밝음을 보려면 시간이 필요하다. 한 곳에 얽매였던 마음으로 전체를 이해하는 데도, 역시 시간이 필요하다.

내 것으로 속이 꽉 찬 사람

칭찬의 말 속엔 자연스럽게 배어 나오는 달콤함이 있음을 나는 안다. 하지만 우리는 거기에 너무 큰 가치를 두고 있다.

내 심장은 돌이 아니므로, 나는 칭찬을 싫어하지 않는다
그러나 당신들이 '멋지오! 잘했소!' 하는 소리에
*모든 가치가 결정되는 것, 이것은 인정할 수 없다*_ 페르시우스

내 스스로에게 어떻게 보이는가에 신경 쓰는 만큼, 남이 나를 어떻게 보는가는 염려하지 않는다. 나는 남의 것을 빌려서가 아니라, 내 것으로 속이 꽉 찬 사람이고 싶다. 이방인들은 오직 겉으로 드러난 모습과 결과만 본다. 누구나 속으로는 겁에 질리거나 열병을 앓고 있어도, 겉으로는 좋은 듯 꾸밀 수 있다. 사람들은 나의 마음을 보지 못하고 오직 나의 겉모습만을 볼 뿐이다.

– 〈영광에 대하여〉, 《에쎄》

'네가 들고 있는 등불은 네 것이 아니므로, 네가 빛을 간직하고 있더라도 너는 빛이 아니다.' 칼릴 지브란 칭찬에 들떠 있을 때, 내 마음이 이 말을 기억해 주면 좋겠다.

비탄이라는 감정

나는 비탄이라는 감정을 좋아하지도 존중하지도 않는다. 사람들은 이 감정에 정해진 값이 있기라도 하듯, 특별한 호의를 가지고 존중하기로 결심한 것 같지만 말이다. 사람들은 지혜나 미덕, 양심에 비탄이라는 옷을 입히곤 한다. 이 얼마나 어리석고 기괴한 장식인가! 이탈리아 사람들은 좀 분별력이 있어, 이 이름에 음흉함까지 끌어다 붙였다. 비탄이란 해로운 감정이며, 정신 나간 짓이기 때문이다. 그리고 언제나 비겁하고 저속해서, 스토아학자에게는 비탄에 잠기는 일이 허락되지 않았다.

나는 이러한 맹렬한 감정에 사로잡히는 일이 드물다. 내 감수성은 천성적으로 둔하다. 그리고 나는 날마다 이성의 힘으로 감수성에 딱딱하고 두꺼운 딱지를 앉히곤 한다.

– 〈슬픔에 대하여〉, 《에쎄》

인생의 비바람이 지나가는 동안, 그 영원할 것 같은 순간이 모두 흘러가는 동안, 자칫 한순간에 무너지는 일이 없도록 오늘도 나는 차곡차곡 나를 다진다.

겉모습을 치장하는 어리석음

우리는 모두 속이 빈 굴이다. 그런 속을 텅 빈 바람소리로 채울 수는 없는 노릇이다. 우리를 고쳐 줄 보다 단단하고 견고한 무엇이 필요하다. 굶주린 사람이 좋은 식사를 마다한 채 멋진 옷을 택하려 한다면 이 얼마나 어리석은 일인가. 우리는 제일 급한 것을 향해 뛰어가야만 한다.

우리에게는 미덕이나 지혜, 건강, 장점과 같은 필수적인 자질이 필요하다. 겉모습을 치장하는 일은 그런 필수품을 먼저 확보한 다음이라야 한다.

– 〈영예에 대하여〉, 《에세》

위장의 허기는 느끼면서 가슴의 허기는 느끼지 못할 때가 많다. 매일 밥을 먹는 일처럼, 텅 빈 가슴이 갈구하는 가치를 얻는 일을 중요하게 생각해 본 적이 있었던가.

철학은 웃는 법을 가르치는 학문

철학이란 영혼에 깃들었을 때 우리의 건강을 좋게 함은 물론 몸의 건강까지 좋게 만드는 것이어야 한다. 철학은 마음을 평온과 기쁨으로 반짝이게 하여, 그 빛이 밖으로 퍼져 나가도록 만들 수 있어야 한다. 철학은 들어갈 틀에 맞추어 모양을 만들고, 그 안을 고귀한 자존심, 활발하고 유쾌한 몸가짐, 만족스럽게 잘 다듬어진 외모로 무장시켜야 한다. 지혜의 가장 확실한 징후는 언제나 활력 있는 모습이다. 그런 상태는 달 저 너머에 있는 무엇처럼 평온한 것이다. 바로코와 바랄립톤_{스토아학파에서 쓴 논리학의 술어}이 철학자를 뿌옇고 지저분하게 만든 것이지, 철학이 그렇게 한 것은 아니다. 그들은 철학을 오직 전해들은 말로 알고 있을 뿐이다. 철학이야말로 허황된 점성술이 아니라 자연스럽고 구체적인 이유를 통해 마음의 걱정을 가라앉혀 주는 학문이며, 배가 고프거나 몸이 아파도 웃을 수 있는 법을 가르치는 학문이다.

– 〈자식의 교육에 대하여〉, 《에쎄》

철학이란 지혜를 사랑하는 일이므로 고통보다는 행복에 가깝다. 좌절보다는 희망에 가깝고, 우울함보다는 유쾌함에 더 가깝다.

승리는 영광스런 것이어야 한다

운으로 이루었건, 기술로 이루었건,
언제나 승리는 영광스러운 것이다_ 아리오스토

그러나 철학자 크리시포스는 이 의견에 동의하려 하지 않을 것이다. 나 역시 마찬가지다. '경주를 하는 자는 속도를 내는 데 온 힘을 다해야지, 상대에게 손을 뻗어 속도를 늦추거나 발을 내밀어 넘어뜨리는 일은 결코 용납될 수 없다'는 말을 크리시포스는 늘 강조해 오지 않았던가.

알렉산더 대왕은 어두운 밤을 틈타 다리우스 왕을 공격하자는 폴리페르톤의 계략에 이렇게 답했다. "그렇게 할 수 없네. 승리를 훔치고 싶은 생각은 조금도 없어." 자기가 거둔 승리를 부끄러워하느니 차라리 불운을 개탄하는 편이 낫다 퀸투스 쿠르티우스.

-〈협상의 시간은 위험하다〉, 《에세》

나는 남이 아닌 나의 의지로 살고 있다. 나 자신을 위해 최선을 다하고 있다. 따라서 내가 거두는 성공도 남의 눈이 아닌, 나 자신의 눈에 자랑스러운 것이어야 한다.

편지쓰기의 즐거움

나는 언제나 급하게 편지를 쓴다. 앉은 자리에서 거침없이 써 내려 가므로 알아보기 힘들 정도로 글씨체가 좋지 않다. 그래도 남의 손을 빌리기보다는 내 손으로 편지쓰기를 좋아한다. 내 손만큼 내 생각을 따라가 줄 것이 없기 때문이다. 그리고 나는 한번 쓴 편지를 다시 옮겨 쓰지도 않는다. 나를 아는 사람들은 지위가 높은 이들까지도 이미 줄을 벅벅 긋고 수정을 가한, 여백 하나 없이 아무렇게나 접혀진 편지에 익숙해져 있다. 내가 가장 시간을 들여 쓴 편지는 실은 가장 가치 없는 편지이다. 시간을 질질 끌며 무슨 말을 해야 할지 고민하기 시작했다는 것은, 내 마음이 이미 다른 곳에 가 있다는 증거이다. 나는 아무 계획 없이 일단 시작하고 본다. 그러면 첫 문장이 다음 문장을 끌고 나오기 마련이다.

– 〈키케로에 대한 고찰〉, 《에세》

손글씨 빼곡한 편지 한 장을 떠올려 보자. 지우고 고친 흔적이 여실히 드러나는, 다듬지 않은 문장이 오히려 담백한 그런 편지 한 장! 그 귀한 행복을 선사할 능력이 우리 손 안에 있다.

노년의 변화

노년에 이른 우리의 영혼은 젊은 시절보다 오히려 더 까다롭고 성마르며 불완전해지기 쉽다. 젊은 시절 이런 말을 하면, 사람들은 나의 맨송맨송한 턱을 조롱하였다. 허옇게 센 머리 덕에 이런 말을 해도 되는 권위를 얻은 지금도 여전히 같은 생각을 가지고 있다.

지인들에게 조금씩 일어나는 노년의 변화를 나는 수없이 많이 지켜봐 왔다. 이것은 깨닫지 못하는 사이 자연스럽게 우리를 덮쳐 오는 강력한 병이다. 나이 들어 찾아오는 이러한 불완전함을 피하거나 적어도 늦추고자 한다면, 더 많이 공부하고 더 많이 준비해야 한다.

– 〈후회에 대하여〉, 《에세》

건강이 최상의 가치라는 것을 알면서도 자주 잊고 산다. 세상의 온갖 좋은 것들을 추구하면서도, 최상의 가치를 위해서는 아무런 노력도 하지 않는 어리석음이라니!

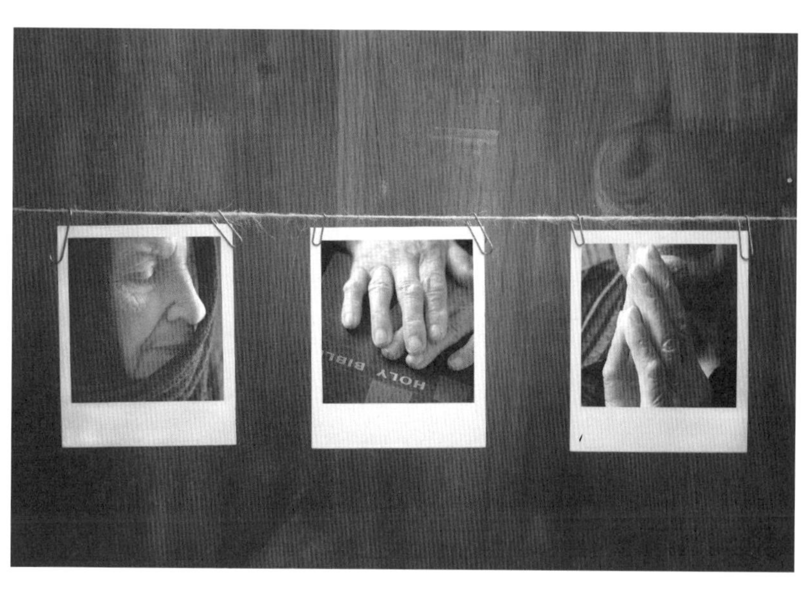
HOLY

다양성은
우주의 순리

나는 내 생각과 반대인 의견을 미워하지 않는다. 나의 판단이 남의 판단과 일치하지 않음이 드러나도 결코 두려워하지 않는다. 또 나와 정서나 당파가 다른 무리라는 이유로 교류 자체를 피해 본 일도 없다. 오히려, 다양성이란 우주의 순리에 가장 자연스럽게 부합하는 방식이다. 육체보다는 정신이 다양성을 더 잘 받아들이는 유연한 물질로 이루어져 있는 이상, 사람들의 기분이나 계획이 일치하지 않는 것은 당연하다고 생각한다. 따라서 세상에 같은 머리카락이나 낟알이 둘씩 존재하는 것보다 같은 의견이 둘이나 존재하는 것이 더 힘든 법이다. 의견의 가장 보편적인 특성은 바로 다양성이다.

– 〈자식이 아비를 닮음에 대하여〉, 《에세》

세상엔 내가 모르는 것, 이해하지 못하는 것들이 존재함을 인정하자. 그 앞에 머리를 숙이고 귀를 열자. 서로 다르니까 새겨들을 만하고, 다르니까 눈여겨볼 만하고, 다르기 때문에 배울 만하다는 생각을 잊지 말고 살아야겠다.

특권은 상상력을 억압할 뿐

나도 남들만큼이나 바라는 것이 많다. 이런 바람이나 욕구가 제멋대로 자유롭게 일어나도록 내버려 둔다. 하지만 제국이나 왕좌 혹은 천하를 호령하는 높은 지위에 대한 욕망이 일어난 적은 단 한 번도 없다. 나 자신을 너무 사랑하기 때문에 그런 방향으로는 전혀 고개를 돌리지 않는다. 성장을 염두에 둘 때에도, 내게 걸맞은 조심스러우면서도 제한된, 낮은 성장을 기대한다. 의지력, 지혜로움, 건강, 아름다움, 그리고 재산까지 그 모든 면에서 말이다. 특권이라는 그 강력한 권위는 나의 상상력을 억압할 뿐이다.

내 영혼은 겁이 너무 많아, 좋은 운명을 높이로 재지 않고 안락함으로 잴 뿐이다.

– 〈높은 자리의 불편함에 대하여〉, 《에쎄》

욕망은 억지로 누른다고 해서 사라지는 것이 아니다. 나에게 맞도록 욕망을 길들이는 편이 낫다.

바보들의 말에 가치와 권위를 실어 주지 말라

나는 날마다 바보들이 하는 바보 같은 소리를 듣는다. 그들은 늘 멋진 말을 둘러댄다. 그럴 땐 그것을 어디서 듣고 왔는지, 얼마나 이해하고 있는지 곰곰이 따져볼 일이다. 우리는 그들이 멋진 말과 그럴싸한 이유를 늘어놓는 것을 도와주고 있다. 하지만 그들은 말을 소유한 것이 아니라, 잠시 보관하고 있을 뿐이다. 그들은 분명 아무렇게나 집히는 대로 말을 늘어놓아 왔을 것이다. 그런데 우리는 그 말에 가치와 권위를 실어 준다. 그들을 거들어 주는 사람이 바로 당신이다. 왜 그렇게 하는가?

거들지 마라. 그냥 내버려 두어라. 그들은 마치 불에 델까 벌벌 떠는 사람처럼 원료를 다룰 것이다. 감히 배경을 바꾸거나 색채를 더해 볼 엄두도 못 내고, 더 깊이 들어가 볼 꿈도 못 꾸어 볼 것이다. 옆에서 슬쩍 흔들기만 해도, 원료들은 달아나고 말 것이다. 그들은 여전히 강력하고 멋진 그 원료를 그저 당신 앞에 쏟아놓고 말 것이다. 좋은 무기들이지만, 자루가 변변찮으니 별수 없는 일이다. 이런 꼴을 얼마나 수도 없이 보아 왔는가!

그런데 만약 당신이 그들을 깨우쳐 주고 확인해 주면, 그들은 순식간에 그 해석의 장점만을 낚아챌 것이다.

"내 말이 바로 그 말이오. 바로 내 생각이란 말이오. 그렇게 표현하지 못했던 것은 그저 말주변이 조금 부족해서였소."

대꾸가 필요한가! 이런 거만하고 아둔한 머리를 깨쳐 줄 때는 심술도 어느 정도는 부려야 한다.

나는 그들이 진창에 빠져 점점 더 심하게 허우적거리도록 내버려 두기를 좋아한다. 아주 깊이 끌려 들어가다 보면, 혹여 자기 모습을 깨닫는 날이 올는지 누가 알겠는가.

– 〈토론의 기술에 대하여〉, 《에세》

세상은 화려한 말로 가득하다. 마음을 전하는 말이 아니라, 마음을 가리기 위한 말이 넘쳐난다. 담백하고 진실한 대화가 그립다.

프랜시스 베이컨Francis Bacon, 1561~1626은 르네상스 이후의 근대 철학, 특히 고전 경험론의 창시자이다. '귀납법'으로 현대 사고 체계의 문을 열었다고 평가받는 철학자이기도 하다. '옥새상서'라는 영국의 높은 관직을 지내면서 세속적인 성공을 좇은 철학자로 비판받기도 했다. 《에세이》에는 베이컨 특유의 담백한 통찰력과 처세술이 녹아 있어, 현대인들에게도 시대를 뛰어넘어 친근하게 다가온다. 아리스토텔레스 철학을 비판하며 귀납법을 제시한 《신기관》에서는, 세상을 바라보는 학자로서의 시각을 엿볼 수 있다.

3장

일상의 모든 일이 기적이 될 수 있다

베이컨

《에세이Essai》

《신기관New Organon》

《에세이》

베이컨의 《에세이Essay》는 1597년 10여 편의 수필을 모은 책으로 처음 세상에 나왔다. 그 후 두 번에 걸쳐 내용이 추가되어 1625년에 총 58편의 글이 묶인 수상록이 완성되었다. 중세의 낡은 사고를 깨고 새롭고 과학적인 학문을 수립하고자 노력했던 베이컨은 이 책을 '내가 한 다른 연구의 잉여물' 정도로 여겼지만, 출간 당시부터 인기를 끌어 베이컨 생전에 이탈리아어와 프랑스어로 번역되기도 했다. 베이컨은 스콜라적 논쟁으로부터 벗어나 인간의 실질적 행복에 이바지하는 철학을 표방했으며, 《에세이》에는 이런 실리주의가 잘 드러나 있다. 이 책에서 베이컨은 함축적이고 간결한 비유를 능수능란하게 사용하며, 사람이 살아가는 데 필요한 생활의 지혜를 조목조목 일러주고 있다.

《신기관》

《신기관New Organ》은 근대정신의 과학적 접근법을 주장한 베이컨의 주요 저작 중 하나이다. '아는 것이 힘이다'라는 유명한 경구부터 종족우상, 동굴우상, 시장우상, 극장우상이라는 4대 우상 이론에 이르기까지, 우리가 베이컨에 대해 알고 있는 많은 지식이 이 책에서 비롯된다. '신기관New Organ'이라는 제목은 아리스토텔레스의 《기관Organon》에 대한 비판을 염두에 두고 붙여진 것이다. 여기서 '기관'이란 힘을 발생시키는 기계적 장치를 말하는데, 철학에서는 인간의 정신에 힘을 불어넣는 '논리학'을 '기관'으로 본다. 베이컨은 아리스토텔레스의 연역적 삼단 논법이 지식의 확장에 도움이 되지 않는다고 주장했다. 그리고 인간의 정신을 발전시키고 생활을 향상시키기 위하여 새로운 '기관', 즉 새로운 '논리학'이 필요하다고 생각했고, 그 해답으로 내놓은 것이 바로 귀납법이다. 《신기관》은 많은 사람들이 학창 시절부터 접해 온 베이컨 철학의 진수를 만날 수 있는 책이다.

진실이란 영원한 것

진실이란 어느 시대에 우연한 행운을 만나 찾을 수 있는 불안정한 것이 아니다. 진실이란 자연과 경험의 빛 속에서 찾아지는 그런 영원한 것이다.

– 〈제1권 56〉, 《신기관》

드러나는 현상이 혼란스럽다 해서 진실이 여럿일 수는 없다. 받아들이기 불편하다 해도 진실을 바꿀 수는 없다.

미덕은 역경 속에서 나타난다

세네카가 소리 높여 외친 명언 중에 '풍요로움을 가져올 가치는 바라마지 않는 것이지만, 역경을 가져올 가치 또한 찬양할 만한 것이다'라는 말이 있다.

확실히 기적이라는 것을 자연에 대한 통제라고 본다면, 이것은 역경 속에서 가장 잘 나타난다.

풍요롭다고 두려움과 불쾌함이 적은 것이 아니고, 역경이라고 위안과 희망이 없는 것이 아니다. 무겁고 침울한 바탕 위에선 선명한 무늬가, 밝은 바탕 위엔 어둡게 가라앉은 무늬가 더 돋보인다는 사실을 우리는 자수나 재봉을 통해 배운다. 눈의 즐거움이 이러하듯, 마음의 즐거움도 마찬가지임을 생각하라.

확실히 미덕은 고귀한 향기와도 같아서, 불에 태우거나 으스러뜨렸을 때 가장 향기롭다. 풍요 속에서는 악덕이 제일 잘 드러나지만, 역경 속에서는 미덕이 제일 잘 드러난다.

– 〈역경에 대하여〉, 《에세이》

고난과 역경을 일부러 바라지는 않는다. 하지만 주어진 역경을 극복했을 때만 도달할 수 있는 경지가 있음을 부정할 수는 없다. 이런 생각을 하면, 미래가 불확실한 삶을 사는 일도 그리 나쁘지 않다.

아름다운 사람의 가을은 아름답다

한 부분씩 떼어 놓고 보면 전혀 아름답지 않지만, 전체적으로 보면 훌륭한 얼굴을 종종 보게 된다. 미의 근본이 훌륭한 몸가짐에 있음이 사실이라면, 나이를 먹은 사람이 몇 배나 더 아름답게 보이는 것은 놀라운 일이 아니다. '아름다운 사람의 가을은 아름답다'는 말이 있다. 젊음이 아름다움을 채워 준다는 점을 고려했을 때, 젊은이는 관대한 눈으로 볼 때나 어여쁘다. 그런 아름다움은 여름철 과일처럼 썩기 쉽고 오래가지 않는다. 대개의 경우, 이것은 방탕한 청년 시절과 다소 우울한 노년을 가져온다. 그러나 만약 아름다움이 주인을 잘만 찾는다면, 미덕은 더욱 빛나게 하고 악덕은 부끄럽게 만들 거라 확신한다.

– 〈미에 대하여〉, 《에세이》

'아름다움은 피부 한 꺼풀'이라지만, 그 한 꺼풀에 대한 집착을 버리기란 쉽지 않다. 그럴 때면 주위를 둘러보자. 곧은 마음과 바른 자세가 사람을 얼마나 빛나게 만드는지, 직접 보고 있으면 생각이 달라진다.

예절이란
꾸밈이 없어야 한다

예절을 가볍게 여기지 않는 것만으로도 충분히 예절을 내 것으로 만들 수 있다. 예절을 귀하게 여기는 사람은 다른 사람의 예절을 관찰하게 되어 있기 때문이다. 나머지는 스스로를 믿고 내버려 두면 된다. 예절을 표현하는 방식에 지나치게 공을 들이면 품위가 사라진다. 예절이란 자연스럽고 꾸밈이 없어야 한다. 몸가짐이 마치 운율이 딱딱 들어맞는 운문과 같은 사람들이 있다. 마음을 그렇게 자잘한 데 써서야 어찌 큰 줄기를 파악할 수 있겠는가.

사람의 몸가짐은 의복과 같은 것으로, 지나치게 초라하거나 너무 화려하면 안 되고, 움직이고 활동하기에 편해야 한다.

– 〈예절에 대하여〉, 《에세이》

예절은 나를 돋보이게 하려고 지키는 것이 아니다. 남을 배려하는 마음으로 지키는 것이다. 따라서 지나치게 까다로운 격식은 오히려 예절에 어긋나는 일일지도 모른다.

선한 사람

선함은 여러 가지 모습과 징후로 드러난다. 만약 어떤 이가 낯선 이방인에게 너그럽고 정중하다면, 그는 세계의 시민이다. 그의 가슴은 섬처럼 외따로 떨어져 있지 않고 다른 땅과 연결되어 있는 대륙이다. 만약 어떤 이가 남의 상처에 마음 아파한다면, 그의 마음은 제 몸에 상처를 내어 치유의 나뭇진을 내어주는 숭고한 나무와 같다. 만약 어떤 이가 쉽게 남을 용서하고 모욕을 당해도 개의치 않는다면, 그의 마음은 높은 곳에 깃들어 있어 어떤 위해로부터도 안전하다. 만약 어떤 이가 작은 은혜에도 감사해 한다면, 그는 물질보다 마음을 소중히 여기는 사람이다.

– 〈선함과 선한 본성에 대하여〉, 《에세이》

선한 사람은 바라보기만 해도 행복하다. 사람이 선하다는 믿음이야말로 삶을 지탱해 주는 큰 힘이다.

일상의 모든 일이
기적이 될 수 있다

우리가 깃들어 있는 이 거대한 틀에 마음이라 부를 만한 것이 없다고 생각하느니, 나는 차라리 《황금 전설》이나 《탈무드》 《코란》에 나오는 모든 전설들을 믿겠다. 신은 무신론자를 설득하기 위하여 기적을 베풀지 않는다. 일상의 모든 일이 기적이 될 수 있기 때문이다.

– 〈무신론에 대하여〉, 《에세이》

삶이 지루하다는 불평은 오만이다. 세상에 경이롭지 않은 것이 어디 하나라도 있을까? 일상 속에서 경이를 느끼는 순간, 우리 마음은 한층 풍요로워진다.

시작은 신중하게 끝은 신속하게

흔히 하는 말로, 때가 무르익기 전인지 무르익었는지를 잘 따져봐야 한다. 모든 중요한 행동의 시작은 백 개의 눈을 가진 아르고스에게 맡기고, 끝은 백 개의 손을 가진 브리아레오스에게 맡기는 것이 좋다. 시작은 신중하게, 끝은 신속하게!

– 〈지연에 대하여〉, 《에세이》

일의 시작은 좋았는데 마무리를 잘 못할 때가 많다. 마무리는 열심히 했지만 계획이 치밀하지 않아 큰 성과를 못 거두는 경우도 있다.

배움의 즐거움

독서는 속이 꽉 찬 사람을 만들고, 토론은 준비된 사람을 만들고, 글쓰기는 빈틈없는 사람을 만든다.

역사는 사람을 현명하게 만들고, 시는 재치 있게 만든다. 수학은 사람을 예민하게 만들며, 철학은 깊이 있게 만든다. 윤리학은 사람을 엄숙하게 만들고, 논리학과 수사학은 논쟁에 강하게 해 준다.

– 〈학문에 대하여〉, 《에세이》

배우는 일은 부담이기 이전에 즐거움이다. 무언가를 배우며 매일 조금씩 발전하고 있다는 사실이 행복할 따름이다.

사랑할수록 조심해야 한다

이 열정사랑이 사물의 본질이나 가치를 얼마나 멋지게 만드는가를 고려해 보면, 이상하단 느낌마저 든다. 아무리 과장스레 말해도 보기 싫지 않은 것은 사랑뿐이다. 흔히 하는 표현만은 아니다. '아첨거리를 가진 모든 작은 아첨꾼들에 둘러싸여 있을 때 가장 큰 아첨꾼은 자기 자신이다'라는 말이 있다. 그런데 사랑은 한술 더 뜬다. 아무리 자기 자신을 터무니없이 높이 평가하는 사람도 사랑하는 이에게 보내는 찬사보다 더 멋진 말을 쏟아내지는 못하리라. 그런 연유로 '사랑하면서 현명할 수는 없다'는 말이 있는 것이다. 이런 약점은 남한테만 보이는 것이 아니다. 사랑받는 쪽이라고 못 보라는 법은 없다. 서로 사랑하는 경우가 아니라면 대부분은 보게 마련이다. 서로 주고받는 것이든가 아니면 어느 한쪽이 무시하는 마음을 품는 것이든가, 둘 중 하나일 수밖에 없는 것이 사랑의 법칙이기 때문이다. 이 열정은 다른 것은 물론이고 사랑 그 자체마저 잃어버리게 만드는 것으로, 사랑하면 할수록 조심해야 한다.

— 〈사랑에 대하여〉, 《에세이》

사랑은 쉽사리 사람을 어리석고 약하게 만든다. 정말 사랑한다면, 그 사랑을 지키기 위해 자기 내부의 힘을 기를 필요가 있다.

사람들의 생각과 내 생각이 다른 것

누군가가 한 재치 있는 말을 나 역시 해야 할지도 모르겠다.

"물을 마시는 사람과 포도주를 마시는 사람이 서로 같은 생각을 하기는 어렵다."

예나 지금이나 사람들은 학문이라는 문제에서 물과 같은 정제되지 않은 음료를 마셨다. 두레박으로 우물물을 퍼 올리듯 논리적으로 끌어온 것이든, 우연한 생각에서 흘러 들어온 것이든 간에. 반면 나는 잘 익은 포도를 수없이 고르고 모아, 즙을 짜내고, 깨끗하게 정제하고, 좋은 향이 나도록 숙성시킨 포도주를 인류에게 내놓는다. 그러므로 사람들의 생각이 내 생각과 다른 것은 전혀 놀랄 일이 아니다.

– 〈제1권 123〉, 《신기관》

'우리가 먹는 것이 바로 우리 자신이다'라는 말은 꼭 음식에만 해당되는 것 같지는 않다. 좋은 음식을 골라먹듯, 머릿속으로 들어가는 지식도 잘 고를 필요가 있다.

여행은 교육과 경험의 일부

여행이란 젊은이에게는 교육의 일부이며, 연장자에게는 경험의 일부이다.

묘하게도, 하늘과 바다 말고는 볼 것이 없는 바다 여행에서 사람들은 일지를 적는다. 그러나 관찰해야 할 것이 아주 많은 육상 여행에서는 대부분의 경우 기록을 남기지 않는다. 일부러 관찰하는 것보다 우연히 눈에 띄는 것이 더 기록할 만한 값어치가 있단 말인가.

같은 나라 사람과 어울리는 것을 되도록 삼가고, 여행하는 나라의 사람들과 사귈 수 있는 장소를 찾아 식사를 하도록 하자. 이렇게 하면 짧은 여행을 통해 많은 것을 얻을 수 있으리라.

집으로 돌아온 후에 여행한 나라를 완전히 잊어버리는 일이 없도록 하자. 무엇보다 여행에서 사귄 친구들과 편지를 계속 주고받는 일이 중요하다. 자기가 한 여행의 표정이 의복이나 몸짓으로가 아닌 대화 속에 드러나도록 하자. 대화라도 앞서서 떠벌이기보다는 신중하게 대답하는 식이 좋다. 그리고 자국의 풍습을 외국 것으로 바꿔 버린 듯한 모습을 보이지 않도록 하자. 그렇지만 외국에서 배운 것의 일부분을 자국의 풍습 속에 옮겨 심는 정도는 괜찮다.

– 〈여행에 대하여〉, 《에세이》

누구나 여행에 대한 환상이 있다. 새로운 열정이나 깨달음 같은 것이 문득 찾아올지 모른다는 기대 심리도 있다. 그러나 떠나도 머물러도, 언제나 나를 기다리는 건 '생활'이다.

죽음과 탄생은 자연스러운 일

마음속에 자리한 열정이라면, 어느 것이나 죽음의 공포를 마주하여 이겨 낼 만큼 충분히 강하다는 점을 기억해 둘 필요가 있다. 그러므로 싸워 이길 수 있게 도와줄 동지를 많이 가진 사람에게 죽음은 그다지 무서운 적이 아니다.

스토아학파는 확실히 죽음에 지나치게 많은 가치 부여를 했다. 그리고 너무 거창하게 준비한 나머지, 죽음을 한층 더 두려운 것으로 만들고 말았다.

'생명의 종말은 자연이 베푸는 은혜이다'라는 어느 시인의 말이 오히려 낫다.

죽는 일은 태어나는 것과 마찬가지로 자연스러운 일이다. 아마 갓난아기에게는 태어나는 일이 죽는 것만큼이나 고통스러운 일 아니겠는가.

무언가를 열심히 추구하며 살다 죽음을 맞이한다는 것은 피 끓는 흥분 속에서 부상을 입는 것과 비슷하다. 고통을 거의 느끼지 못하는 것이다.

그러므로 어떤 좋은 일에 빠져 있는 상태에서는 죽음의 비애가 끼어들 틈이 없다.

무엇보다도, 기대한 만큼의 가치 있는 결과를 이루어 낸 사람에게는 '주여, 이제는 주의 말씀대로 이 종을 편안히 놓아 주시옵소서'라는 시므온의 노래가 달콤하기 그지없으리라는 점을 믿어도 좋다.

– 〈죽음에 대하여〉, 《에세이》

죽음을 너무 많이 생각할 필요는 없다. 그저 우리가 죽음과 함께 살아가고 있음을, 완전히 잊지 않으면 된다. 딱 적당한 만큼만 죽음의 무게를 느낀다면, 삶은 더욱 건강해질 것이다.

솔직한 대화로 의심을 풀어라

사람의 여러 상념 중 의심은 여러 조류 중 박쥐와 같은 것으로, 언제나 희끄무레한 어둠 속을 날아다닌다. 확실히 의심은 억누르거나, 적어도 잘 봉해 두어야 할 대상이다. 늘 마음을 흐리게 만들기 때문이다. 이것은 벗을 잃게 하고, 현재뿐만 아니라 앞으로의 일을 도모함에 있어서도 전진을 방해한다. 의심은 군주를 압제로, 남편을 질투로, 현인을 우유부단과 우울의 구렁텅이로 밀어 넣는다.

잘 모르는 일만큼 의심을 불러일으키는 강한 동력은 없다. 그러므로 의심은 무조건 덮어 끄려 하지 말고, 의심을 풀 수 있도록 많이 알아서 치료하는 편이 좋다.

마음이 홀로 불러 모으는 의심은 그저 벌이 잉잉대는 소리에 지나지 않는다. 그러나 인공적으로 자라나서 남의 귓속말이나 소문으로 들어오는 의심에는 독침이 있다.

이런 의심의 숲에 길을 뚫는 가장 좋은 방법은 의심되는 바를 꺼내 놓고 상대와 솔직한 대화를 나누는 것이다.

이렇게 하면 확실히 대화 전보다 진실에 가까이 다가갈 수 있다. 또, 상대를 좀 더 신중하게 만들면 의심이 생길 만한 일을 사전에 막을 수 있다. 그러나 저급한 성격을 지닌 사람에게 이 방법을 쓰는 것은 좋지 않다. 이런 사람들은 한번 의심 받았다는 사실을 알면, 절대 진실을 드러내지 않는 법이다.

－〈의심에 대하여〉, 《에세이》

의심이란 그 자체로는 좋은 것도 나쁜 것도 아니다. 어떤 상황에서 무엇을 의심하는가에 따라 '득'도 되고 '해'도 된다. 하지만 잘 쓸 자신이 없다면, 아예 쓰지 않는 편이 낫다.

신중한 화법이 웅변보다 낫다

세상에는 뭔가 톡 쏘는 듯 예리한 한마디를 던지지 않으면, 자기의 기지를 발휘하지 못하는 것으로 생각하는 사람들이 있다. 이런 허영심에는 얼른 굴레를 씌워야 한다.

사람이라면, 보통 짠맛과 쓴맛 정도는 구분해야 한다. 풍자에 대한 허영심이 있는 사람은, 다른 사람이 자기의 말을 두려워하는 만큼, 스스로도 다른 사람의 기억을 두려워해야만 할 것이다.

신중한 화법이 웅변보다 낫다. 말을 전하는 상대에게 적합한 이야기를 하는 것이 세련된 말을 어법에 맞게 늘어놓는 것보다 훨씬 중요하다.

– 〈담화에 대하여〉, 《에세이》

상황에 걸맞은 진솔한 말은 특별한 치장을 필요로 하지 않는다. 지혜로운 사람일수록 단순한 언어로 자기 생각을 표현하는 법이다.

막대한 부는 거추장스러운 짐

나는 부를 미덕의 거추장스러운 짐이라고밖에는 달리 표현을 못하겠다. '보급품'이라는 로마의 말이 더 어울릴지 모르겠다. 부와 미덕의 관계는 보급품과 군대의 관계와 같기 때문이다.

없어선 안 되지만 뒤에 남겨두고 갈 수도 없어 전진을 방해한다. 더구나 어떨 때는 그것을 돌보느라, 정작 중요한 일을 못해 승리를 놓치기도 한다.

막대한 부는 나누는 미덕을 제외하고는 실제로 쓰일 때가 없으며, 그저 자기만족일 뿐이다. 그래서 솔로몬은 '재산이 많으면 쓰는 자도 많으니, 그 광경을 눈으로 보는 것 말고 소유주가 얻는 것이 무엇이랴'고 말했다.

누구나 혼자 뿌듯해 할 수는 있겠지만, 막대한 부를 손으로 만져 볼 수는 없다.

그것에 대한 소유권이 있고, 분배하거나 기증할 힘이 있으며, 부자라는 이름을 얻을 수는 있다.

그러나 큰 부에는 소유주가 실제로 쓸모 있게 사용할 수 있는 효용 가치가 없다.

조그마한 돌이나 진기한 물건에 얼마나 말도 안 되는 가격이 붙는가. 막대한 부를 쓸모 있는 것으로 보이게 하려고 얼마나 심한 겉치레가 이루어지는가.

– 〈부에 대하여〉, 《에세이》

너무 많은 돈은 실체가 없다. 돈은 누구에게 가느냐에 따라, 자기만족적인 숫자에 머무르기도 하고, 절박하고 진실한 의미가 되기도 한다.

본성을 변화시키는 습관의 힘

본성은 종종 감추어져 있는 경우가 많으며, 때때로 극복되기도 하지만 사라지는 일은 거의 없다. 강제하면 반동의 힘으로 오히려 더 튀어 오르는 것이 본성이다. 교육이나 교훈은 본성을 되도록 덜 집요하게 해 준다. 그러나 본성을 변화시키거나 가라앉힐 수 있는 것은 오로지 습관뿐이다.

습관을 몸에 배게 할 때는 멈추지 않는 끈기도 필요하지만 중간중간 약간의 휴지기를 가져야 한다. 이런 휴지기가 새로 들기 시작한 습관을 강화시켜 주기 때문이다.

또한 인간은 완전치 못한 존재임에도 불구하고 계속 습관의 실천만 한다면, 자신의 능력과 동시에 실수까지도 연습하는 꼴이 되고 만다. 그러면 실수 또한 하나의 습관으로 굳어지고 만다.

이런 일을 막으려면 이따금씩 휴식기를 갖는 것 말고는 다른 방법이 없다. 하지만 본성을 이기고 승리했다고 너무 과신해서도 안 된다. 인간의 본성이란, 상당히 오랫동안 묻혀 있다가도 어떤 계기나 유혹 앞에 불현듯 되살아나기 때문이다.

《이솝 우화》 속 이야기 중 아가씨로 둔갑하여 식탁에 다소곳이 앉아 있다가 지나가는 쥐를 보게 된 고양이와 같은 것이다. 따라서 그와 같은 기회를 완전히 피해 버리든가, 아니면 차라리 자주 겪어 그런 일쯤에 동요하지 않도록 스스로를 단련시켜야 한다.

– 〈사람의 타고난 본성에 대하여〉, 《에세이》

타고난 성격의 단점을 극복하는 일은 장기전이다. 지치지 않는 것이 제일 중요하다. 열심히 노력하고 있다면, 이따금씩 나오는 묵은 습관에 너무 실망하지 말자. 실수는 실패가 아니니까.

모든 사람은 자기 운명의 건축가

외부의 우연이 운명을 크게 좌우함을 부정할 수는 없다. 호의, 기회, 타인의 죽음, 가치가 돋보이는 상황 등이 대표적이다. 그러나 대체로 인간의 운명은 스스로의 손 안에서 만들어진다. 어느 시인은 '모든 사람은 자기 운명의 건축가'라고 노래하였다.

운명의 길은 하늘의 은하수와 비슷하다. 은하수는 작은 별들이 무수히 모여 이루어진 모임 혹은 덩어리로, 따로 떨어져 반짝이지 않고 한데 뭉쳐 빛을 낸다. 이와 같이, 사람의 운명도 거의 드러나지 않는 사소한 미덕들, 혹은 능력과 습관들이 모여야 좋은 빛을 낼 수 있다.

–〈운명에 대하여〉, 《에세이》

운명은 온전히 타고나는 것도 아니며, 혼자만의 의지로 계획하고 만들 수 있는 것도 아니다. 운명의 대부분은 그저 내 작은 습관과 선택이 조금씩 닦아 나가는 길일 뿐이다.

교육은
습관 그 자체

어린 시절에 시작된 습관이 가장 완전한 것은 당연하다. 우리는 이것을 교육이라 부르는데, 사실 교육은 어려서부터의 습관 그 자체이다.

만일 단순하고 고립된 습관의 힘이 크다고 한다면, 한데 모아지고 단합된 습관의 힘은 훨씬 더 크다. 왜냐하면 그런 경우에는 앞선 모범이 길을 알려주고, 동료가 격려해 주며, 경쟁이 자극을 주고, 명예가 자신을 높여 주기 때문이다. 따라서 이러한 환경에서 습관의 힘은 극대화된다. 확실히, 인간성에 미덕을 널리 보급하는 일은 잘 정돈되고 조직된 사회의 몫이다. 영국을 비롯한 좋은 정부는 미덕이 성장하도록 자양분을 공급하기는 하지만, 미덕의 씨앗을 개선하지는 못하기 때문이다. 그러나 통탄스럽게도, 요즈음 이 가장 효과적인 수단이 제일 경계해야 할 목적을 이루는 데 쓰이고 있다.

– 〈습관과 교육에 대하여〉, 《에세이》

교육은 사회가 함께 아이를 기르는 넓은 마당이다. 이곳에 자꾸 담을 쌓고 장애물을 놓으면서, 우리는 아이들에게 무엇을 가르치고 싶은 걸까?

반박이나 논쟁을 위해 책을 읽지 말라

학문에 지나치게 많은 시간을 소비하는 것은 태만이다. 학문을 지나치게 장식으로 이용하는 것은 허영이다. 무엇이 되었건 학문의 법칙으로 판단하려 덤비는 것은 학자의 아집이다. 학문은 우리의 기질을 완성시키고, 경험은 학문을 완성시킨다. 식물과 마찬가지로, 우리가 지닌 본래의 능력 역시 학문을 통해 잔가지를 자르고 다듬어 줄 필요가 있다. 경험이라는 울타리를 갖지 못한다면, 학문은 제멋대로 사방으로 뻗어 나가고 마는 것이다.

수단이 좋은 사람은 학문을 경멸하고, 단순한 사람은 학문을 숭배한다. 그리고 현명한 사람은 학문을 제대로 활용한다. 이는 학문이 아닌 그것을 초월한 지혜와 관찰을 통해 얻을 수 있다.

반박하거나 논쟁하기 위해 책을 읽지 마라. 그렇다고 그대로 받아들이거나 믿기 위해 읽어서도 안 된다. 담론이나 이야기의 밑천을 찾기 위해서도 안 된다. 다만 무게를 따져보고 심사숙고하기 위해 책을 읽도록 하라.

– 〈학문에 대하여〉, 《에세이》

책 속에 길이 있는 것은 사실이지만, 엄밀히 말해 그 길은 남의 길이다. 내 길은, 책 속에서 나와 내가 직접 걸어야 생기는 법이다.

시간이 최고의 혁신자이다

갓 태어난 생명체가 처음부터 제대로 된 형체를 갖추고 있지 않듯, 혁신이라는 시간의 산물도 그러하다. 그럼에도 가장 먼저 가문에 영예를 가져온 이는 그 뒤를 따르는 대부분의 사람들보다 훨씬 더 높이 평가받는다. 또한 초대 의장은 일만 잘했다면, 그 누구도 넘볼 수 없는 위치에 자리매김하게 된다. 인간의 본성에는 비뚤어진 측면이 있어, 병폐는 시간이 지날수록 자연스럽게 강화되기 때문이다. 하지만 의식적인 노력이 필요한 선은 처음에 가장 강하기 마련이다. 모든 약은 확실히 일종의 혁신이다. 그리고 새로운 치료법을 받아들이지 않는 자는 새로운 악화를 각오해야 한다. 시간이 최고의 혁신자이기 때문이다. 시간이 자연스럽게 일을 악화시켜 가고 있는데, 예지와 충고가 이를 더 나은 쪽으로 돌리라고 하지 않는다면, 그 결말은 어찌 될 것인가!

– 〈혁신에 대하여〉, 《에세이》

청춘이 아름다운 것은 새로운 도전을 향해 열린 마음 때문이다. 아무리 익숙한 것이라도 잘못을 알면 과감히 버릴 수 있는 용기 때문이다. 이런 정신을 잃지 않는다면 나이와 상관없이 우리는 늘 청년일 수 있다.

서두른다고 빨리 해결되는 일은 없다

신속함을 가장하는 일은 업무에서 지극히 위험한 요소이다. 이것은 의사들이 말하는 이른바 급한 소화로, 질병을 부를 은밀한 씨앗과 체액으로 온몸을 가득 채우는 것과 같다.

따라서 신속함은 일처리에 걸린 시간이 아니라 일의 진행 상황으로 판단해야 한다. 달릴 때 발을 넓게 뻗거나 겅중거리며 높이 뛴다고 속도가 나는 것이 아니다. 업무도 마찬가지여서, 한 번에 너무 많은 일을 처리하는 것보다 문제에 몰두하는 것이 신속하게 일을 처리하는 방법이다.

어떤 이들은 신속한 사람으로 보이고 싶은 나머지, 일을 짧은 시간 내에 끝마치려 하거나 적당하게 마무리 지으려 한다.

그러나 일을 집약적으로 하는 것과 뚝 잘라 버리는 것은 전혀 다른 문제이다. 몇 번의 만남이나 회의에서 이렇게 허술하게 다루어진 일은 으레 갈팡질팡하며 제자리를 맴돌 뿐이다.

내가 아는 어느 현명한 이는 서둘러 결론을 내려는 사람을 볼 때마다 입버릇처럼 말했다.

"조금 더 기다리면, 훨씬 더 빨리 끝낼 수 있을 것이오."

– 〈신속함에 대하여〉, 《에세이》

능률이라는 명분 아래 급하게 쌓아 올린 건물이 순식간에 무너지는 것을 우리는 숱하게 보아 왔다. 서두른다고 빨리 해결되는 일은 생각보다 많지 않다.

말에 거짓을 섞는 일

말에 거짓을 섞는 일은 금화나 은화를 만들 때 다른 금속을 섞는 것과 같다. 이렇게 만든 쇠붙이는 당장은 쓰기에 편할지 몰라도, 그 가치는 떨어지는 법이다.

– 〈진실에 대하여〉, 《에세이》

무심코 둘러대는 작은 거짓말들은 과연 흔적 없이 사라져 버리는 것일까? 혹시 '나'라는 존재 안에 차곡차곡 불순물로 쌓이는 것은 아닐까?

용서는 군왕의 배포

복수를 하면 상대와 똑같은 인간이 되고 말지만, 참아 넘기면 상대보다 우월한 사람이 된다. 용서는 군왕의 배포이기 때문이다. 내 기억이 맞는다면 솔로몬은 이렇게 말했다.

"허물을 용서하는 것이 곧 자신의 영광이리라."

과거는 이미 지나갔고 돌이킬 수 없다. 지금 해야 할 일도 많고, 앞으로 할 일도 많다. 따라서 현명한 사람은 묵묵히 해야 할 일을 할 뿐, 이미 지난 일로 스스로를 들볶지 않는다.

성질이 고약한 사람이 저지르는 나쁜 일은 가시나 찔레덤불과 같은 것에 지나지 않는다. 할 수 있는 일이 그것밖에 없어서 찌르거나 할퀴는 것이다.

– 〈복수에 대하여〉, 《에세이》

용서는 '인간이 할 수 있는 최고의 행동'이라는 말이 있다. 이런 관점에서 본다면, 용서의 최대 수혜자는 바로 나 자신이다.

비밀을 지키는 습관

몸이나 마음이나 벌거숭이가 되는 것은 좋지 않다. 모든 것을 너무 활짝 열어 놓지 않아야, 몸가짐이든 행동이든 어느 정도의 존경을 얻을 수 있는 법이다.

수다스럽고 경박한 사람은 대체로 허영심이 강하고 남의 말을 쉽게 믿는다. 자기가 아는 것을 모두 입으로 쏟아 내는 사람은 자기가 모르는 것까지 쏟아 낼 것이다. 이런 관점에서 비밀을 지키는 습관은 처세에 좋을 뿐 아니라 도덕적이기까지 하다.

– 〈숨기기와 속이기에 대하여〉, 《에세이》

마음에 아무것도 담아 두지 못하는 사람은 솔직한 것과는 다르다. 끊임없이 떠들지 않으면 불안해지는 것은 나쁜 습관일 뿐이다.

부모는
자식보다 더 뼈아파한다

부모는 기쁨을 밖으로 드러내지 않듯, 그 슬픔과 두려움도 밖으로 드러내지 않는다. 자식을 위해서라면 힘든 노동도 달게 받아들인다. 그러나 불행한 일이 생기면 자식보다 더 뼈아파한다. 부모의 삶은 자식으로 인해 번거로워지지만, 죽음에 대한 두려움은 엷어진다.

– 〈부모와 자식에 대하여〉, 《에세이》

신이 우리를 일일이 보살피지 못하여 어머니를 대신 보냈다는 말이 있다. 부모의 사랑이란 이렇듯 인간의 한계를 초월하여 존재한다.

덕을 갖추지 못한 사람

스스로 덕을 갖추지 못한 사람은 남이 가진 덕을 질투하기 마련이다. 인간의 마음이란, 자기의 선을 먹고 살지 못하면 남의 불행이라도 먹어야 하기 때문이다. 전자가 결여된 사람은 후자를 먹이로 삼는다. 그렇게 해서 남이 가진 덕에 결코 도달할 수 없는 처지가 되면, 남의 행운을 끌어내리는 것으로 자신을 구원하려 든다.

– 〈질투에 대하여〉, 《에세이》

선하게 살려는 의지를 잃지 말아야 한다. 악덕은 빈 마음을 절대 그냥 두고 보지 않을 것이다. 잠깐 방심하는 사이 마음을 차지해 버릴지도 모른다.

지위가 높은 사람은 3중의 하인

지위가 높은 사람은 3중의 하인이다. 군주 또는 국가의 하인이며, 명성의 하인이며, 업무의 하인이다. 그러므로 자기 자신에게도, 행동에도, 시간에도 많은 제약을 받는다. 자유를 잃으면서까지 권력을 구하려는 마음, 자신에 대한 통제력을 잃으면서까지 타인에 대한 통제력을 가지려는 마음, 이것은 기이한 욕망이다.

높은 곳에 오르는 일은 힘이 든다. 이런 고통을 대가로 인간은 더 큰 고통을 가지려 한다. 높은 곳에 오르는 일은 거칠다. 자신의 품위를 내주면서까지, 인간은 품위를 가지려 하는 것이다. 서 있는 곳은 미끄럽고 위태로우며, 물러나면 굴러 떨어지고 말 터이니, 참으로 안타까운 처지가 아닐 수 없다.

– 〈높은 지위에 대하여〉, 《에세이》

이미 가진 것을 잃어 가면서까지 더 많은 것을 갖고 싶지는 않다. 내 것을 잃어 가며, 남의 것을 갖고 싶지는 않다.

통치자는 항상 입조심할 필요가 있다

나는 군왕의 입에서 나온 재치 있고 날카로운 말이 종종 반란의 도화선이 되었다는 사실을 알고 있다. 카이사르는 다음과 같은 말로 스스로에게 돌이킬 수 없는 해를 입혔다. "실라는 학자가 아니므로 통치하지 못한다." 이 말이 카이사르가 언젠가는 권좌에서 물러나리라는 사람들의 은밀한 희망의 싹을 잘라 버렸기 때문이다.

갈바로마의 제6대 황제는 병사를 사지 않고 징발하겠다고 말함으로써 죽음을 자초했다. 돈을 받고 싶은 병사들의 희망을 꺾어 버렸기 때문이다. 프로보스 역시 '내가 살아 있는 한 로마 제국은 더 이상 병사를 필요로 하지 않을 것'이라는 말 때문에 같은 운명을 겪었다. 이 역시 병사들의 희망을 꺾었기 때문이다. 이 같은 예는 얼마든지 있다. 확실히 통치자는 민감한 사안이나 예민한 시기에는 입조심할 필요가 있다. 짧은 말일 경우 특히 그렇다. 사람들은 짧은 말을 '통치자들이 비밀스런 의중을 담아 쏜 화살'이라 받아들이기 때문이다.

– 〈반란과 곤경에 대하여〉, 《에세이》

사람을 등 돌리게 만드는 말을 조심하자. 서로 편을 가르게 하고, 마음에 나쁜 앙금을 남기는 말을 조심하자. 사람을 모으고 존중하고 격려하는 말을 많이 찾아내자.

젊은 사람과
나이 든 사람의 조화

젊은이에게는 판단력보다는 창의력을 발휘하는 일이 더 맞고, 조언보다는 실행이 더 맞으며, 사업을 안정화시키는 일보다는 새로운 계획을 세우는 일이 맞는다. 나이를 먹으며 얻는 경험은 이미 겪어 본 일과 비슷한 상황에서는 도움이 되지만, 새로운 상황에서는 오히려 방해가 된다.

젊은 사람의 실수는 일을 그르친다. 그러나 나이 든 사람의 실수는 좀 더 빨리 성취하거나 많이 이룰 수 있었던 것을 놓치는 정도에 그친다. 행동을 취하고 진행시키는 데 있어, 젊은이는 자기의 능력보다 많은 일을 떠맡는다. 그리고 자기가 마무리할 수 있는 범위보다 더 넓게 휘젓고 다니며, 방법이나 범위에 대한 고민 없이 목적을 향해 곧장 날아간다.

우연한 기회에 얻은 몇몇 원칙을 맹목적으로 신봉하고, 예기치 못한 문제를 일으킬 만한 개혁도 불사한다. 처음부터 극단적인 조치를 사용하여 많은 부작용을 낳고도 그것을 인정하거나 포기하려 들지 않으며, 길들여지지 않은 말처럼 멈추지도 돌아서지도 않는다.

반면 나이가 든 사람은 너무 많이 반대하고, 너무 오래 고민하며, 좀처럼 모험하려 들지 않는다. 너무 빨리 후회하며, 일을 끝까지 밀어붙이지 않고 적당한 성공에 만족하고 만다.

확실히, 양쪽을 적당히 섞을 수 있으면 좋겠다. 서로의 장점이 서로의 단점을 바로잡아 주니 지금 현재도 좋고, 젊은 사람은 배우고 나이 든 사람은 행동하게 되니 앞으로도 좋을 것이다. 대외적으로도, 젊은 사람에게 따르는 호감과 인기는 물론이고 나이 든 사람에게 따르는 권위도 함께 얻을 수 있을 것이다.

－〈젊은 사람과 나이 든 사람에 대하여〉, 《에세이》

우리에게는 숫자로 정해진 나이도 있지만 살아가는 태도로 정해지는 나이도 있다. 숫자의 나이는 바꿀 수 없지만, 태도의 나이는 내가 얼마든지 선택할 수 있다.

정원은 인간의 영혼에 주어지는 위안

전능하신 신께서 처음에 정원을 만들었다. 그리고 진실로 정원은 인간의 가장 순수한 기쁨이 되었다. 이것은 인간의 영혼에 주어지는 가장 좋은 위안이다. 정원이 없다면, 건물도 궁전도 조잡한 인공물에 지나지 않을 것이다.

– 〈정원에 대하여〉, 《에세이》

자연에는 우리를 더 진실하게, 더 사려 깊게 만드는 힘이 있다. 한 뼘이라도 더 자연 곁으로 다가가 그 혜택을 누리고 싶다.

허세가 심한 사람

《이솝 우화》에 아주 재미있는 이야기가 있다. 파리가 마차의 굴대 위에 앉더니 이렇게 말했다는 것이다.

"내가 일으키는 이 무서운 먼지 폭풍을 보시오!"

허세가 심한 사람이 바로 이런 꼴이다. 자기가 없어도 저절로 그리 되었거나 아니면 훨씬 더 높은 차원에서 이루어진 일을 두고, 자기가 한 일인 양 착각을 한다. 그들은 영광을 좇는 사람이어서 편 가르기를 좋아한다. 훌륭하게 보이려면 비교하는 일이 불가피하기 때문이다. 또한, 자랑거리를 관철시켜야 하므로 극성맞아질 수밖에 없다. 그들은 비밀을 지키지 못하므로 무슨 일이든 잘해 내지 못한다.

– 〈허세에 대하여〉, 《에세이》

'잘' 포장하는 것과 '과대' 포장하는 것은 다르다. 허세가 심한 사람은 자기를 합리화시키려다 오히려 더 많은 잘못을 저지르기 쉽다.

교활함은 뒤틀린 지혜

교활함은 사악한 혹은 뒤틀린 지혜로 보아야 할 것이다. 그리고 교활한 사람과 지혜로운 사람은 분명히 다르다. 정직함에서뿐만 아니라 능력 면에서도 다르다. 카드를 능숙하게 다루지만 정작 게임은 못하는 사람이 있지 않은가. 마찬가지로 아첨이나 무리 짓는 일에는 능하나 다른 것에는 약한 사람도 있다.

일의 시작과 끝은 알지만 과정에는 참여하지 못하는 사람들이 있다. 잘 만들어진 계단과 현관은 있지만 편안한 방이 없는 집과 같다 하겠다. 따라서 그들은 결론은 잘 끌어내지만 문제를 진단하고 토론할 능력은 없는 것이다. 그런데도 그들은 그런 무능력을 교묘히 이용해, 지도자의 자질처럼 포장해 낸다.

– 〈교활함에 대하여〉, 《에세이》

자기가 하는 일에 온 정성을 쏟는 사람들이 있다. 어떤 훌륭한 조건과 능력도 그 마음을 이기지는 못한다.

자신만을 위한 지혜는 공공의 이익을 해친다

스스로를 지나치게 사랑하는 사람은 공공의 이익을 해친다. 이성을 가지고 자기애와 사회를 구별해야 한다. 그리하여 자신에게는 진실하고 남에게는 거짓이 없도록 해야 한다.

달걀 프라이를 해 먹겠다고 집에 불을 놓는 것이, 극단적으로 자신만을 사랑하는 사람의 특성이다.

자기 자신을 위한 지혜라는 것은 여러 가지 비천한 형태로 나타난다. 들쥐의 지혜라는 것은 무너지기 직전에 집을 나가 버리는 것이다. 여우의 지혜라는 것은 열심히 땅을 파서 공간을 마련해 놓은 오소리를 쫓아내는 것이다. 악어의 지혜라는 것은 먹이를 먹어치우기 전에 눈물을 흘리는 것이다.

– 〈자기 자신만을 위한 궁리에 대하여〉, 《에세이》

우리는 고립된 존재가 아니다. 우리 모두는 하나의 생명체처럼 서로 엮여 있다. 눈에 보이지 않는 그 끈을 생생하게 느낄 수 있다면, 지나친 이기심으로 세상이 멍드는 일은 훨씬 줄어들 것이다.

스쳐가는 허위와 가라앉는 허위

허위를 섞으면 확실히 더 재미있어진다. 인간의 마음에서 공허한 의견이나 들뜬 희망, 그릇된 평가와 망상을 제거한다고 생각해 보자. 대부분의 경우 남는 것은 우울과 권태로 가득해 스스로를 혐오하기까지 하는, 가난하고 위축된 마음뿐일 것이 분명하다.

초기 그리스도 교부고위 성직자 중 한 사람은 시를 '악마의 술'이라고 신랄하게 비판했다. 시는 상상력을 충족시켜 주지만, 그 상상력은 결국 허위의 그림자에 불과하다는 것이다. 그러나 마음을 스쳐지나가는 허위는 해가 되지 않는다. 해가 되는 것은 마음속에 가라앉아 자리를 잡는 허위이다.

– 〈진실에 대하여〉, 《에세이》

때로는 신문보다 소설책이 더 필요하고, 현실보다 꿈이 더 도움이 된다.

혁신은 근본에서부터

낡은 것에 새것을 더하거나 잇대어 깁는 것으로 학문이 크게 진보하기를 기대한다면 게으르다고밖에 할 수 없다. 혁신은 근본에서부터 이루어져야 한다. 그렇지 않으면 시시하고 보잘것없는 진척만을 바라보며 제자리를 맴돌게 될 것이다.

– 〈제1권 31〉, 《신기관》

살다 보면 완벽한 발상의 전환이 필요할 때가 있다. 기존의 틀이 아무런 도움이 되지 않을 때가 있다. 이미 쥐고 있는 것을 과감히 버리고, 처음부터 다시 시작해야 할 때가 있다.

대담하고 치명적인 독단

인간의 이해력은 일단 하나의 견해를 받아들이고 나면자기 마음에 들어서든, 널리 인정받는 견해여서든 간에 다른 모든 것은 그 견해에 부합되고 뒷받침되는 증거로 끌어다 맞춘다. 그리고 다른 면을 보여 주는 증거가 아무리 확실하고 유력해도, 무시하거나 경멸한다. 혹은 그것만 예외로 규정하여 받아들이기를 거부한다. 이렇게 대담하고 치명적인 독단을 통해, 처음에 내세운 견해의 권위가 보존될 수 있도록 말이다.

인간의 이해력은 즉흥적으로 갑작스럽게 정신을 치고 들어오는 자극에 가장 큰 영향을 받는다. 그리고 그에 맞추어 상상력을 불태운다. 그리고 왜 그런지 따져보지도 않은 채, 다른 것들도 모두 이 소수의 사례와 비슷할 거라 치부하고 만다.

– 〈제1권 46, 47〉, 《신기관》

많이 보고 많이 듣고 많이 경험한다 해도, 그 속에서 자기가 보고 싶은 것만 보고 믿고 싶은 것만 믿는다면 무슨 소용이 있을까?

헨리 데이비드 소로Henry David Thoreau, 1817~1862는 미국의 문학가이며 사상가이다. 《월든》 《시민 불복종》 같은 저서를 비롯하여 여러 편의 시와 여행기를 남겼다. 1845년 3월 월든 호숫가에 집을 짓고 2년 2개월 2일간 홀로 살며, 치열하게 사색하고 관찰한 기록이 바로 《월든》이다. 《산책》은 그가 말년에 다듬은 글로, 인간과 자연에 대한 철학이 잘 녹아 있다. 소로는 단순한 낭만적 자연주의자가 아니었다. 부당한 사회 제도를 거침없이 비판한 혁명가였고, 현상의 이면을 꿰뚫어 보는 철학자였다. 《월든》과 《산책》이 우리에게 들려주려는 것 역시, 인간을 문명의 토대가 아닌 자연의 토대 위에서 바라보는 소로의 혜안과 통찰이다.

4장

단순하고 소박하게 살기

소로

《월든Waldens》

《산책Walking》

《월든》

《월든Walden》은 소로가 1845년부터 1847년까지 메사추세츠 콩코드의 월든 호숫가에 통나무집을 짓고 살았던 2년여의 시간에 대한 기록이다. 소로는 내면의 사색을 통해 사회를 좀 더 객관적으로 이해하려 했으며, 소박한 자급자족 생활을 통해 이를 실천했다. 그 결과물인 《월든》의 싱그럽고 아름다운 문장 속에는 고독과 사색, 자연과의 교감, 서구 사회의 물질주의에 대한 비판이 담겨 있다. 더불어 비판을 넘어서는 희망의 대안을 제시하려는 노력이 깃들어 있다. 소로는 오랜 시간에 걸쳐 조금씩 원고를 손보아 가며 1854년에 《월든》을 처음 출간했다. 이 책은 그의 다른 작품에 비해 대중에게 좋은 호응을 얻었으나 그다지 큰 성공을 거두지는 못했다. 그러나 오늘날에 이르러, 《월든》은 19세기에 나온 가장 중요한 책이라는 평가와 함께 전 세계인들의 지대한 사랑 속에 널리 읽히고 있다.

《산책》

《산책Walking》은 소로의 사후인 1862년에 〈애틀랜틱 먼슬리〉지에 발표된 에세이이다. 비록 발표는 늦었지만, 소로는 여러 강연에 이 작품을 사용하며 중요한 의미를 부여했다고 한다. '이 글을 내가 앞으로 쓰게 될 모든 글의 서문이라 여기고 있다'는 기록을 남기기도 했다. 1850년대에는 여러 차례에 걸쳐 이 글을 다시 고치고 손보았다. 이 에세이에서 소로는 자연과의 관계가 점점 미약해져 가고 있는 사회를 비판한다. 그리고 숲 속으로 걸어 들어가는 산책이라는 행위와 깊은 사색으로 걸어 들어가는 정신의 산책을 함께 이야기하며, 좀 더 깨어 있는 삶을 살 것을 역설한다. 그러나 문명과 야생의 관계에서, 소로는 문명을 완전히 거부하지도, 야생에 전적으로 동화되지도 않았다. 그는 고요한 목초지에 서기를 원했는데, 그곳이 자연과 문명의 조화로운 중간 지점을 상징한다고 보았을 때, 소로다운 면모가 가장 돋보이는 작품이라 하겠다.

날이면 날마다
새롭게 시작하라

아침은 언제나 내 삶을 자연의 소박함 또는 순결함으로 채워 주는 생기 넘치는 초대장과 같았다. 나는 늘 옛 그리스인처럼 새벽의 여신을 숭배해 왔다. 매일 아침 일찍 일어나 호수에서 멱을 감았다. 이것은 일종의 종교 의식이었으며, 내가 가장 잘한 일 중 하나였다.

중국 탕왕의 대야에는 다음과 같은 말이 새겨져 있었다고 하는데, 이 또한 비슷한 이유에서이리라. "스스로를 완전히 새롭게 하라. 날이면 날마다 새롭게 하고, 그렇게 영원히 새롭게 하라日新 日日新 又日新." 이 말의 의미를 나는 알겠다.

태양과 보조를 맞추어 탄력 있고 힘찬 생각을 유지하는 사람에게 하루는 언제까지나 아침이다. 시계가 몇 시를 가리키는지, 남들이 어떤 태도로 무슨 일을 하는지는 중요치 않다. 아침이란 내가 깨어난 때이며, 새벽은 이미 내 안에 깃들어 있다.

– 〈나는 어디서, 무엇을 위하여 살았나〉, 《월든》

하루를 사는 동안, 스물네 개의 시간은 저마다 다른 길이와 의미로 우리를 스쳐간다. 내게 가장 의미 있는 시간, 내 몸과 마음에 생기가 넘쳐흐르는 시간은 언제일까?

삶의 가벼움

꼬리만 남기고 덫을 빠져나간 여우는 운이 좋은 녀석이다. 사향 쥐는 풀려나기 위해서라면 세 번째 다리라도 끊어낸다. 인간이 탄력성을 잃었다는 말은 결코 과장이 아니다.

눈이 매운 사람이라면, 사람을 만날 때 그 사람이 가진 모든 소유물도 함께 볼 수 있을 것이다. 뒤에 감추거나 깔고 앉아 있는 것들, 태워 버릴 생각 없이 쌓아 두고만 있는 모든 전리품과 부엌 가구들까지 말이다. 그가 소유물에 꽁꽁 묶인 채로 어느 방향으로든 나가 보려고 애쓰는 모습이 보일 것이다. 그의 몸은 아마 겨우 나무구멍이나 출입구는 빠져나왔으나 썰매에 실린 한 짐의 가구에 걸려 옴짝달싹 못하는 모습일 것이다.

그건 그렇고, 호숫가에 집을 지으며 내가 커튼 값으로는 한 푼도 들이지 않았다는 이야기도 하고 싶다. 그것은 해와 달 말고는 내 집 창문을 들여다볼 이가 아무도 없었으며, 해와 달이 들여다보는 것이야말로 내가 바라던 일이었으니 말이다. 달빛에 시어질 우유나 고기도 없었고, 햇빛에 휘고 바래질 가구나 양탄자도 내겐 없었다. 간혹 햇살이 친구 삼기에 너무 뜨거울 때면, 간수해야 할 가재도구를 하나 늘리느니 자연이 마련해 놓은 푸르른 커튼 뒤로 피하는 편이 훨씬 경제적이지 않겠는가.

한번은 어느 부인이 신발 터는 깔개를 주겠다고 했으나, 나는 그것을 거절했다. 집 안에 깔개를 둘 자리도 없거니와, 그것을 털고 관리할 시간도 없었기 때문이다. 신발이라면 집 안에 들어서기 전에 풀밭에 문지르는 편이 훨씬 더 마음에 든다. 화근은 처음부터 피하는 것이 좋다.

– 〈자연의 경제학〉, 《월든》

적게 먹으면 몸이 가볍다. 적게 가지면 삶이 가볍다. 삶이 가벼우면, 예고 없이 찾아올지 모르는 불행도 탄력 있게 뛰어넘을 수 있을 것이다.

철학이란 인생을 지혜롭고 소박하게 사는 일

오늘날 철학 교수는 있지만 철학자는 없다. 한때는 사는 것이 존경받는 일이었으나, 이제는 떠들고 다니는 것이 존경받는 일이 되는 모양이다. 철학자가 된다는 것은 단지 심오한 사색을 하거나 무슨 학파를 세우는 일이 아니다. 지혜를 사랑하고, 그것이 이끄는 대로 소박하고 독립적인 삶, 넓은 마음과 강한 믿음으로 충만한 삶을 사는 일이다. 철학자가 된다는 것은 인생의 문제를 일부나마 이론적으로, 그리고 실질적으로 풀어 나간다는 의미이다.

– 〈자연의 경제학〉, 《월든》

철학은 인생을 겉도는 현란한 말이 아니라, 삶으로 증명하는 소박한 실천이다.

자연처럼 소박하고 건강해지자

박애주의자들은 너무나 자주 자기가 벗어던진 슬픔의 추억에 빠져 인류를 바라보며, 그것을 연민이라 부른다. 우리는 좌절이 아닌 용기를, 병폐가 아닌 건강과 편안함을 전해야 하며, 혹여 이런 병폐가 전염되어 퍼져 나가지 않도록 조심해야 한다.

우리가 진실로 인디언적인, 식물적인, 자발적인 그리고 자연적인 수단으로 인류를 구원하고자 한다면, 먼저 자연처럼 소박하고 건강해지자. 우리 머리 위의 구름을 걷어내고, 피부로 삶을 조금이나마 호흡해 보자. 가난한 이의 감독관이 되지 말고, 세상에서 가치 있는 한 사람으로 우뚝 서도록 노력하자.

– 〈자연의 경제학〉, 《월든》

병든 마음이 퍼뜨릴 수 있는 것은 병뿐이다. 행복한 마음이라야 행복을 줄 수 있고, 건강한 마음이라야 주위를 건강하게 만들 수 있다.

깨어 있다는 것은 살아 있음을 의미한다

수백만 명의 사람들이 육체노동을 할 만큼은 깨어 있다. 하지만 오직 백만 명 중 한 사람만이 효과적인 지적 활동을 할 만큼 깨어 있으며, 1억 명 중 한 사람만이 시적인 혹은 신적인 삶을 살 수 있을 만큼 깨어 있다. 깨어 있다는 것은 살아 있음을 의미한다. 나는 지금까지 완벽하게 깨어 있는 사람을 만난 적이 없다.

삶을 의도적으로 살아 보고자 나는 숲으로 들어갔다. 인생에서 오직 본질적인 요소만을 바라보기 위해, 그리고 삶이 가르치고자 하는 것을 배울 능력이 내게 있는지 알아보기 위해, 그리하여 죽음의 문턱에 이르렀을 때 '헛된 삶을 살았구나' 탄식하는 일이 없도록 하기 위해서였다.

나는 삶이 아닌 것을 살고자 원한 적이 없으니, 삶이란 그토록 소중한 것이다. 정말 불가피한 경우가 아니라면, 나는 결코 체념하며 사는 일이 없기를 기원하였다.

나는 깊게 뿌리를 내리고 인생의 골수를 남김없이 빨아들이고 싶었다. 스파르타 사람처럼 강건하게 살며, 삶이 아닌 것은 모두 갈아엎고 싶었다. 광활한 수풀을 바짝 깎아 내고 삶을 한구석으로 몰아 간 다음, 그것을 단 몇 개의 단어로 압축시켜 보고 싶었다. 그리하여 우리 삶이 비천한 것으로 드러나면, 그 비천함을 고스란히 세상에 알리고 싶었다. 혹은 우리 삶이 숭고한 것이라면 직접 경험하여 깨달은 후, 다음 여정에서 그 숭고함을 진실로 알리고 싶었다.

– 〈나는 어디서, 무엇을 위하여 살았나〉, 《월든》

쉼 없이 몸을 움직이고 일을 벌인다고, 삶이 그만큼 치열해질까? 평범하고 조용한 인생이어도, 매 순간 깨어 있는 정신과 함께라면 열심히 산 대가를 얻게 되리라 믿는다.

간소하게, 간소하게, 간소하게 살아라!

간소하게, 간소하게, 간소하게 살아라! 부디 일상사를 두세 가지로 줄이고, 결코 백 가지나 천 가지로 늘어나지 않도록 하라. 백만을 헤아리는 대신 여섯까지만 세고, 계산은 엄지손톱에 적을 수 있을 만큼만 하라.

왜 우리가 쫓기듯 인생을 허비하며 살아가야 하는가? 우리는 배가 고프기도 전에 굶어 죽을 각오를 하고 있다. 사람들은 제때 꿰매는 실 한 땀이 나중 아홉 땀의 수고를 막아 준다고 말한다. 그리하여 내일 아홉 땀을 꿰매지 않기 위해 오늘 천 땀을 뜨고 있다. 늘 일에 대해 생각하지만, 정작 이렇다 할 결과는 하나도 이루어내지 못하고 있다. 그저 무도병舞蹈病에 걸려 머리를 잠시도 가만 놔둘 수 없는 것뿐이다.

– 〈나는 어디서, 무엇을 위하여 살았나〉, 《월든》

인생에는 아무 일도 하지 않는 시간이 꼭 필요하다. 그런 시간을 도저히 낼 수 없다면, 지금 나는 지나치게 많은 일을 벌여 놓고 있는 것이다.

인생의 넓은 여백을 사랑하라

보아야 할 것을 항상 바라보는 훈련에 비한다면, 제아무리 엄선된 역사나 철학이나 시 공부, 혹은 제아무리 훌륭한 교류나 칭찬받을 만한 생활 습관 따위가 대체 뭐란 말인가? 당신은 단순한 독자나 학생이 되고 싶은가, 아니면 '볼 줄 아는 사람'이 되고 싶은가? 눈앞에 펼쳐진 것들을 보고 운명을 읽어라. 그리고 미래를 향해 발을 내디뎌라.

나는 내 인생의 넓은 여백을 사랑한다. 여름날 아침이면 이따금씩, 평소 습관대로 몸을 씻은 후 볕이 잘 드는 문가에 앉아 새벽부터 오후까지 이런저런 생각에 잠기곤 했다. 새들만이 멀리서 지저귀거나 소리 없이 집 안을 넘나들 뿐, 소나무와 호두나무, 옻나무가 자라는 숲 한가운데에는 누구의 방해도 받지 않은 고독과 정적이 가득했다. 그러다 해가 서쪽 창문을 비추거나 멀리서 큰길을 달리는 여행자의 마차 소리가 들려오면, 그때서야 비로소 시간이 훌쩍 지났음을 깨닫곤 했다.

이런 계절이면, 나는 한밤의 옥수수처럼 무럭무럭 자랐다. 지금껏 어느 누구의 손이 만들어 준 일보다 훨씬 소중한 경험이었다. 이 시간들은 내 인생에서 공제되는 시간이 아니라, 오히려 원래 내 몫에 얹힌 후한 덤 같은 것이었다. 나는 자신의 일을 포기하면서까지 명상에 잠기는 동양 사람의 마음을 이해하게 되었다.

– 〈자연의 소리들〉, 《월든》

밖을 두리번거리던 눈을 차분히 안으로 돌려 보자. 지식이 아무리 많아도 정리하지 않으면 내 것이 아니다. 그리고 사색의 힘은 근육과 같아서, 시간과 공을 꾸준히 들여야만 성장할 수 있다.

외로움의 가치

내가 사는 곳은 대부분이 대초원마냥 적막하다. 이곳은 분명 뉴잉글랜드지만 그 부분에선 아시아나 아프리카이기도 하다. 내게는 나만의 해와 달과 별이 있으며, 온전히 내 것인 작은 세계가 있다. 밤에 내 집 앞을 지나다 문을 두드리는 길손조차 한 번도 만나지 못했으니, 마치 내가 이 세상 최초나 최후의 인간인 듯했다.

사람들은 종종 내게 말했다.

"그곳에서 얼마나 외로우시겠어요. 밤이 되거나 눈이나 비라도 올라치면 특히 더 사람들 가까이 살고 싶은 생각이 드시겠군요."

이런 이들에게 나는 꼭 말해 주고 싶다.

'우리가 사는 지구는 우주의 한 점에 지나지 않는다오. 저기 저 별의 폭은 인간의 도구로는 가늠조차 할 수 없는데, 그곳에서 가장 멀리 떨어져 사는 존재는 대체 얼마쯤 떨어져 산다고 생각하오? 어째서 내가 외로움을 느껴야 하오? 우리 행성은 은하수 안에 존재하지 않는가 말이오. 당신이 던진 의문은 내게는 그다지 중요한 문제로 여겨지지 않소. 한 사람을 동료에게서 떼어내어 고독하게 만드는 공간이란 어떤 공간이라 생각하시오? 발품을 판다고 마음이 가까워지는 것은 아님을 나는 잘 알고 있소.'

우리는 서로 너무 얽혀 살며, 서로의 길을 막기도 하고 걸려 넘어지기도 한다. 그러다 보니 우리는 서로에 대한 존경심을 잃고 말았다. 조금 덜 자주 만나도 중요하고 진심 어린 의사소통을 충분히 할 수 있을 텐데 말이다.

– 〈고독〉, 《월든》

홀로 마시는 차 맛의 싱그러움을 느끼고 싶다. 외로움의 가치를 다시 생각해 봐야겠다.

처음 마음먹은 대로 흔들림 없이

하루를 자연처럼 의도적으로 보내 보자. 그리하여 땅콩 껍질이나 모기 날개 따위가 선로 위에 떨어진다고 해서 그때마다 탈선하는 일이 없도록 하자. 평온하게 흔들리지 않는 마음으로 아침 일찍 일어나 신속하게 식사를 마치자. 손님이 오든 가든, 종이 울리든, 아이가 울든 말든 의도한 그대로 하루를 보내자. 무너져 내려 물결에 떠내려가야 할 이유가 어디에 있단 말인가? 한낮의 얕은 여울에 자리한 정찬이라는 이름의 무서운 격류와 소용돌이에 휘말리지 않도록 조심하자. 이 위험만 견뎌내면, 안전한 곳으로 들어선 셈이다. 그 다음부터는 내리막길이 시작되니 말이다.

긴장을 풀지 말고 아침의 기백을 그대로 유지한 채, 돛대에 몸을 묶은 율리시스처럼 돌아보지 말고 전진하자. 만약 엔진이 쇳소리를 내면, 목이 아파 쉰 소리가 날 때까지 내버려 두라. 종이 울린다고 꼭 뛰어가야 하나? 그냥 음악 소리이겠거니 생각하면 그만이다.

– 〈나는 어디서, 무엇을 위하여 살았나〉, 《월든》

처음 마음먹은 대로 흔들림 없이 하루를 살 수 있다면, 한 달도, 일 년도, 평생도 그렇게 살 수 있으리라 믿는다.

자연의 신비한 힘

기차는 결코 월든 호수를 보기 위해 멈추는 일이 없다. 그러나 기관사와 화부와 제동수, 그리고 정기권을 가지고 다니며 호수를 자주 보는 승객들은 그 풍경으로 인해 좀 더 나은 사람이 되지 않았을까 상상해 본다. 하루에 적어도 한 번은 이 고요하고 순수한 광경을 바라보았음을, 기관사는 밤에도 잊지 않을 것이다. 적어도 그의 본성은 그럴 것이다. 비록 단 한 번일지라도, 호수의 모습은 보스턴의 번화가와 기관차의 검댕을 씻어내는 데 도움을 줄 것이다.

이 호수들월든과 화이트 호수은 너무도 순수하여 그 가치를 매길 수 없다. 불결함이라곤 찾아볼 수 없다. 아, 호수는 우리 인생보다 얼마나 더 아름다운가, 우리 마음보다 얼마나 더 투명한가! 호수로부터는 그 어떤 비천함도 배울 수 없다.

자연을 두고 천국을 운운하다니, 부디 지구를 모욕하지 말 일이다.

–〈호수〉, 《월든》

아름다운 풍경을 바라보며 누군가를 증오하기란 쉽지 않다. 자연에는 사람을 착하게 만드는 신비한 힘이 숨어 있다.

자연을 바라보는 시선

내가 자연과 가까워진 것은 분명 꽤 어렸을 때부터 낚시와 사냥을 즐긴 덕택일 것이다. 낚시와 사냥은 일찌감치 우리에게 자연의 풍경을 소개시켜 주고 그 속에 머물게 해주는데, 이런 방법이 아니라면 그 나이에 자연과 친숙해지기란 힘든 일이다.

들판이나 숲 속에서 삶을 보내는 어부나 사냥꾼, 나무꾼 같은 이들은 어떤 면에선 자연의 일부라고 할 수 있다. 생업을 좇는 틈틈이 자연을 바라보는 그들의 시선에는 기대감을 안고 자연으로 접근하는 철학자나 시인보다 더한 애정이 어려 있다.

자연은 이들 앞에 모습을 드러내기를 주저하지 않는다. 대평원을 여행하는 사람은 자연스레 사냥꾼이 되며, 컬럼비아와 미주리 강의 상류를 지나는 사람은 덫사냥꾼이 되고, 세인트 메리 폭포를 여행하는 사람은 어부가 된다.

단순한 여행객은 간접적으로 사물의 한 단면만을 보고 배우기 때문에, 그의 말이 진정한 힘을 갖기란 어렵다. 어부나 사냥꾼 같은 이들이 이미 실질적이고 본능적으로 알고 있는 사실을 과학이란 이름으로 공표할 때, 비로소 우리는 큰 관심을 갖게 된다. 오직 그러한 것만이 진정한 인문학, 즉 인간 경험의 보고서이기 때문이다.

– 〈보다 높은 법칙〉, 《월든》

머리로 익힌 것은 몸으로 익힌 것을 따라오지 못하는 법이다. 아무리 똑똑한 머리라도 진심을 다하는 우직한 마음을 이기지는 못한다.

자연 안에서
자연의 일부가 되어

상쾌한 저녁이다. 온몸이 하나의 감각으로 모공을 활짝 열어 환희를 호흡한다. 나는 자연 안에서 자연의 일부가 되어, 낯선 자유를 만끽하며 돌아다닌다. 흐리고 바람까지 부는 쌀쌀한 날씨임에도 홑겹 옷만 입은 채 호숫가 자갈밭을 걷는다. 눈길을 사로잡는 특별한 것은 없어도, 오늘따라 어느 것 하나 마음에 거슬리는 일이 없다.

– 〈고독〉, 《월든》

때로는 나를 구속하는 모든 것을 밀어내고, 몸과 마음에 자유의 호흡을 마음껏 불어넣을 필요가 있다.

자연은 안식처

다시 태어나고 싶을 때면 나는 어두운 숲을 찾는다. 가장 무성하고 절대 끝날 것 같지 않은, 도시인들에게는 음산하기까지 한 그런 습지를 찾는다. 마치 유대인의 지성소와 같은 성지에 들어가듯, 나는 습지로 들어간다. 그곳에는 자연의 힘, 자연의 정수가 있다. 야생의 숲은 누구도 손대지 않은 곰팡이로 덮여 있다. 이런 곳의 흙은 사람에게도 나무에게도 좋다. 농장이 비옥해지려면 몇 무더기의 거름이 필요하듯, 사람도 건강해지려면 몇 에이커의 습지가 필요한 법이다.

–《산책》

가장 어려운 순간에 자연은 우리의 안식처가 되어 준다. 생명력의 근원과 같은 그곳에 언제든 지친 몸을 누이고, 새로운 기운을 충전 받을 수 있음에 감사할 따름이다.

스스로의 허물을 줄이는 일

나는 신문에서 굳이 기억해야 할 뉴스를 읽은 적이 없다. 만약 누가 강도를 당했다거나, 살해당했다거나, 사고로 죽었다거나, 어느 집이 불에 타고, 배가 침몰하고, 증기선이 폭발하고, 소가 서부 철로에서 기차에 치이고, 미친개가 죽고, 겨울철에 메뚜기 떼가 나타났다거나 하는 기사를 이미 읽었다면, 비슷한 걸 다시 읽을 필요는 없다. 한 번이면 충분하다. 원칙을 이미 아는데, 굳이 무수한 실례와 응용에 관심을 쏟을 필요가 있겠는가? 철학자에게 이른바 '뉴스'라는 것은 잡담거리에 지나지 않으며, 차 한 잔 앞에 놓고 수다 떠는 노부인들이나 그런 것을 열심히 읽고 퍼뜨릴 따름이다.

뉴스가 뭐란 말인가? 영원히 변치 않는 사실을 아는 것이 훨씬 중요하지 않는가! 위나라의 대부 거백옥은 공자에게 사람을 보내 근황을 물었다. 공자는 사자를 옆에 앉히고 이렇게 물었다. "그대의 주인은 지금 무엇을 하시는가?" 사자는 공손히 대답했다. "저의 주인은 스스로의 허물을 줄이고자 하시나 여의치 않사옵니다." 사자가 돌아간 후, 공자가 말했다. "좋은 사자로다! 참 좋은 사자로다!"

– 〈나는 어디서, 무엇을 위하여 살았나〉, 《월든》

세상의 소식을 누구보다 빨리, 많이 아는 우리, 그래서 우리는 지금 편안하고 행복하고 지혜로운가?

위대한 정신,
책 속에서 만나다

나는 이곳 콩코드 땅이 배출한 인물보다 더 현명한 인물들, 그 이름조차 듣기 힘든 인물들과 사귀어 보고 싶다. 플라톤의 이름을 듣고도 어찌 그가 쓴 책을 읽지 않을 수 있단 말인가? 이는 마치 플라톤과 한 마을에 살면서 한 번도 그를 만나지 않는 것과 같으며, 그가 내어놓는 지혜의 말을 동네 사람 어느 누구도 들으려 하지 않는 것과 같다.

모든 책이 그 책을 읽는 사람들만큼 따분하지는 않다. 우리에게 진정성 있게 듣고 이해할 능력만 있다면, 분명히 그 속에서 자신의 상황과 처지에 딱 맞는 문장을 발견할 수 있을 것이다. 그리하여 아침이나 봄이 주는 것보다 더한 활력을 삶에 불어넣을 수 있을 것이며, 주변을 바라보는 새로운 시각도 얻을 수 있을 것이다.

책 한 권으로 인생의 새 장을 연 사람들이 얼마나 많은가! 우리에게 일어난 기적을 설명해 주고 새로운 기적을 일으켜 줄 책이 지금 세상 어딘가에서 우리를 기다리고 있을 것이다. 도저히 말로는 형언할 수 없었던 무언가가 이미 표현되어 있는 것을 어느 책에서 찾아내게 될지도 모른다. 우리를 괴롭히고 혼란에 빠뜨렸던 의문과 똑같은 일이 이미 모든 현자들을 지나갔다. 한 문제도

빠짐없이 말이다. 그리고 그들은 능력 닿는 대로 저마다의 언어와 삶으로, 그 문제에 대한 해답을 내놓았다.

– 〈독서〉, 《월든》

시간과 공간을 초월하여 위대한 정신과 만나는 일, 책이 아니라면 감히 꿈꾸지 못할 행운이다.

탐욕스런 식욕이 인간을 천하게 한다

우리의 이상에 위배되지 않을 만큼 소박하고 깨끗한 식단을 마련하기란 쉽지 않다. 그러나 육체를 먹일 때는 이상도 함께 먹여야 한다는 것이 나의 생각이다.

이 둘은 한 식탁에 마주 앉아야 한다. 결코 불가능한 일은 아니다.

공자는 '마음이 스스로를 거느리지 못하면 보아도 보이지 않으며, 들어도 들리지 않으며, 먹어도 그 맛을 모른다'고 하였다.

음식이 지닌 참맛을 가려낼 줄 아는 사람은 절대 폭식을 하지 않는다. 그 맛을 모르는 사람은 폭식을 피할 수 없다.

입에 들어가는 음식이 사람을 천하게 하는 것이 아니고 음식을 먹을 때의 탐욕스러운 식욕이 그를 천하게 하는 것이다. 음식의 양이나 질이 문제가 아니고 감각적인 풍미에 빠지는 자세가 문제이다.

먹는 음식이 우리의 동물적 생명을 유지하는 양식, 우리의 정신적인 삶을 고무하는 양식이 되지 못하고 우리를 사로잡고 있는 벌레들의 양식이 될 때 문제가 되는 것이다.

– 〈보다 높은 법칙〉, 《월든》

먹을 때 마음을 다하여 먹는 것, 깨어 있는 정신으로 먹는 것, 그것이 음식의 참맛을 아는 길이며 쓸데없는 욕심을 줄이는 길이다.

자신만의 소리에 맞춰 갈 수 있도록

만약 어떤 이가 동료와 발걸음을 맞추지 못한다면, 이는 아마도 그가 다른 북소리를 듣고 있기 때문이리라. 그 북소리가 얼마나 멀리서 어떤 빠르기로 들려오든, 그저 자기가 듣는 소리에 맞춰 갈 수 있도록 그를 내버려 두어라. 그 사람이 듣는 대로 따라가게 내버려 두어라. 사람이 사과나무나 떡갈나무도 아닌데, 빨리 자라 열매를 맺는 것이 뭐 그리 중요하겠는가. 굳이 그가 자신의 봄을 여름으로 바꾸어야만 하는가? 우리가 처한 상황이 아직 준비되기 전인데, 무엇으로 이런 현실을 대신할 수 있단 말인가? 그가 남과 보조를 맞추기 위해 자신의 봄을 여름으로 바꾸어야 한단 말인가? 헛된 현실에 우리가 탄 배를 좌초시키는 일은 없어야 한다. 머리 위로, 푸른 유리로 애써 천국을 만들어 놓은들 무슨 소용이 있겠는가. 완성되고 나면 우리는 결국 저 멀리 정기로 가득 찬 진짜 하늘을 애타게 바라볼 것이 확실하지 않은가.

– 〈글을 맺으며〉, 《월든》

남이 사는 모습대로 사는 것이 우리의 목표가 될 수는 없다. 사람은 모두 고유한 존재이다. 나만의 모습과 속도를 찾지 못한다면, 어렵게 성공을 이루어도 보람과 의미를 찾기 힘들다.

꿈을 향해 당당히 걸어가라

경험을 통해 나는 적어도 다음과 같은 사실을 배웠다. 즉 누구든 꿈을 향해 당당하게 걸어가며, 자신이 그리는 삶을 위해 노력한다면, 결국 상식적인 시대의 눈으로는 기대하기 힘든 성공을 이루어 낼 것이다. 그는 과거를 뒤로 한 채, 보이지 않는 경계를 뛰어넘을 것이다. 새롭고, 보편적이고, 좀 더 자유로운 법이 그 사람의 내면을 가득 채우고 주변을 에워쌀 것이다. 혹은 오래된 법이 확대되어, 그의 편에 서서 좀 더 자유로운 방향으로 해석될 것이다. 그리하여 그의 삶에는 존재의 보다 높은 질서가 허락될 것이다.

공중에 누각을 지었대도, 그것은 무너져 내리지 않는다. 공중이야말로 누각이 있어야 할 자리 아닌가. 이제 그 아래로 토대만 쌓으면 된다.

– 〈글을 맺으며〉, 《월든》

꿈을 꾸자! 그 꿈이 진실하면 세상도 닫힌 문을 열어 줄 것이다.

모든 시간과 장소와 일상은 지금 여기에 존재

사람들은 진리란 먼 곳에 있다고 생각한다. 사회 체계 저 바깥, 가장 먼 별보다 더 멀리, 아담의 시대 이전 아니면 최후의 인간 다음에 있는 무엇으로 생각한다. 물론 영원 속에는 무언가 진실하고 숭고한 것이 있다. 그러나 이 모든 시간과 장소와 일상은 지금 여기에 존재한다. 신마저도 현재 이 순간의 정점에 위치하고 있으며, 시간이 아무리 흐른다고 해도 지금보다 더 거룩해지는 일은 없을 것이다.

우리를 둘러싸고 있는 현실을 끊임없이 흡입하고 그 안에 몸을 담궈야만, 우리는 비로소 숭고하고 고결한 것을 파악할 수 있는 능력을 얻을 수 있으리라.

– 〈나는 어디서, 무엇을 위하여 살았나〉, 《월든》

인간이 얻을 수 있는 숭고한 가치는 모두 인간의 삶 속에 있다. 지금 이 자리와 이 시간을 깨어 있는 정신으로 사는 일은, 그 어떤 수련보다 우리의 정신과 삶을 강인하게 단련시켜 줄 것이다.

123
abc

성인이 되는 과정

앨곤퀸 인디언의 표현대로 사냥꾼이 '가장 훌륭한 인간'이던 시절이 인류의 역사에 있었던 것처럼, 개인의 역사에도 그런 시절이 있다.

나는 사냥감을 쫓는 소년들을 존중하며 그들에게 사냥을 취미로 삼아도 된다는 대답을 했다. 곧 그들이 사냥을 하기에는 너무 자라 버릴 것을 믿기 때문이다.

사람이란 철없는 소년기를 거치고 나면 자기와 똑같은 조건으로 삶을 이어가는 생명체를 무자비하게 죽이지 못하게 된다. 막다른 곳에 몰린 산토끼는 어린아이처럼 운다. 어머니들이여, 나는 인간과 동물을 구분하여 동정하지 않는다는 점을 알아주기 바란다.

이리하여 젊은이는 숲을 알아가고, 또 자신의 가장 자기다운 부분을 알아가게 된다. 처음에는 사냥꾼이나 낚시꾼으로 숲 속에 들어간다. 만약 큰 사람이 될 재목이라면, 그러다 곧 스스로에게 부합하는 목표를 찾아낸다. 그것이 시인일 수도 있고 자연주의자일 수도 있다. 여하튼 그렇게 총과 낚싯대를 뒤로 하게 된다.

이런 관점에서 볼 때, 상당히 많은 사람들이 아직도 어린 시절을 벗어나지 못하고 있으며, 아마 영원히 그럴 것이다.

– 〈보다 높은 법칙〉, 《월든》

사람은 경험과 반성을 거듭하며, 한 꺼풀씩 자기를 벗고 더 나은 인간으로 성장한다. 이런 과정을 거치지 못한 채 성인이 된다면 그는 나비가 아니라 몸집만 부풀어 오른 애벌레일 뿐이다.

세상을 잃고 나서야 자신을 발견한다

칼로 자를 수 있을 만큼 짙은 어둠이 내린 날에는, 마을 안에서도 길을 잃는 이들이 꽤 있다 들었다.

교외에 사는 사람들이 마차를 타고 물건을 사러 나갔다가 하룻밤 발이 묶이기도 하고, 신사나 숙녀가 어디로 들어섰는지도 모른 채 발로 길을 더듬으며 반 마일을 헤매다 연락을 해오기도 한다는 것이다.

언제나 숲에서 길을 잃는 일은 놀라우면서도 기억에 남을 만한 일이며, 귀중한 경험이기도 하다. 심지어 대낮에도 눈보라 속에서라면 종종 어느 방향으로 가야 마을이 나오는지 알 수 없을 때가 있다. 수천 번 오간 길에서 눈에 익은 특징을 단 한 가지도 찾지 못해, 그 길이 마치 시베리아에 있는 듯 낯설게 느껴지기도 한다. 밤이라면 당혹감은 한층 더 커진다.

완전히 길을 잃고 헤매기 전까지, 우리는 자연의 광활함과 기이함을 깨닫지 못한다.

잠깐 졸거나 딴생각을 하다 깨어나면, 우리는 다시 나침반을 보고 위치를 찾아야 하는 것이다.

인간은 길을 잃고 나서야, 다시 말해 세상을 한 번 잃고 나서야 자신을 발견하고, 우리가 어디에 있으며 우리의 관계가 얼마나 무한하게 뻗어 있는지 알 수 있다.

– 〈마을〉, 《월든》

길을 잃고 헤매는 것은 두려운 경험이지만, 다른 세상을 볼 수 있는 좋은 기회이기도 하다. 무엇보다 나 자신을 재발견하는 기회가 되기도 한다.

진실로 존중해야 할 가치

나는 어떤 사람이 기워진 옷을 입었다고 해서 그를 낮게 본 일이 단 한 번도 없다. 그럼에도 사람들은 건전한 양심을 갖는 일보다는 유행에 맞게 입는 일, 아니면 적어도 깁지 않은 깨끗한 옷을 입는 일에 대단히 신경을 쓰고 있다. 하지만 찢어진 옷을 수선하지 않고 입었다 해도, 그것이 드러내는 부덕이라 해봐야 좀 덜렁댄다는 정도 아닐까. 나는 여기에서 착안한 실험을 주변 사람들에게 테스트해 보곤 한다. 누가 무릎에 천을 덧대고 솔기를 다시 이은 옷을 입을 수 있을지 찾아보는 것이다. 대부분의 사람들은 이런 옷을 입으면 전도유망한 앞날이 무너지기라도 하듯 반응한다. 그들에게는 찢어진 바지를 입는 것보다는 부러진 다리로 거리를 활보하는 것이 더 쉬운 일일 것이다. 신사의 다리에 문제가 생기면 고치면 되지만, 바지에 문제가 생기면 수선할 길이 없다고 생각하는 모양이다. 진실로 존중해야 할 가치보다는 세상 사람들이 생각하는 낮은 가치를 더 염두에 두기 때문이다.

– 〈자연의 경제학〉, 《월든》

정말 중요한 것은 쉽게 보이지 않는다. 눈앞에 드러난 것에 마음을 빼앗기지 말자. 그 너머에 있는 보이지 않는 것을 보려는 노력이 필요하다.

자기 눈의 티끌은 보지 못한다

내가 만약 한 아이에게 기술과 과학에 대해 가르치고 싶다면, 나는 그 아이를 지금의 방식대로 교육시키지 않을 것이다.

그곳에서는 망원경이나 현미경으로 세계를 관찰하는 법을 가르친다. 그러나 맨 눈으로 세상을 보는 법은 가르치지 않는다. 화학을 배우지만, 자기 빵이 어떻게 구워지는지는 알지 못한다. 기계학을 배우지만 벌어먹고 사는 법은 배우지 못한다. 해왕성이라는 새로운 위성을 발견하지만 자기 눈의 티끌은 보지 못하고, 자기가 어떤 악당의 위성 노릇을 하는지도 깨닫지 못한다. 식초 한 방울에 기생하는 기괴한 세균은 관찰하면서도, 그것들이 이미 입술에 우글거리고 있음은 알지 못한다.

– 〈자연의 경제학〉, 《월든》

잘못된 교육이 낳은 결과에서 자유로운 사람은 아무도 없다. 그래서 지금과 다른 교육, 더 좋은 교육을 꿈꾸는 것은 우리 모두의 권리이며 의무이다.

진정한 산책자들

지금껏 살아오는 동안 나는 걷는 일, 다시 말해 산책의 기술을 이해하는 사람을 겨우 한둘밖에 못 만났다. 한가로이 거니는데 타고난 소질이 있는 사람 말이다.

'한가로이 거닐다Sauntering'라는 이 아름다운 말은, 원래 '성지 순례자Sainte-Terrer'에서 유래된 것이다. 중세 때 성지 순례를 다니는 척하며 시골 마을을 어슬렁거리고 구걸하던 사람들을 두고 아이들이 '성지 순례자가 왔다'고 놀리면서 그 뜻이 변질된 것이다. 물론 이 '성지 순례자'들은 성지에 가 본 일이 전혀 없는 사람들이었으며, 단순한 게으름뱅이 떠돌이에 지나지 않았다. 그러나 정말 성지를 순례한 이들은 좋은 의미의 '한가로이 거니는 사람들'이었으며, 내가 생각하는 진정한 산책자들이다.

– 《산책》

산책은 특별한 운동이나 취미가 아니다. 그저 오랫동안 인류가 길들여 온 자연스런 습관이다. 우리가 점점 잃어가고 있지만, 결코 잃어서는 안 될 삶의 일부이다.

낙타처럼
걸어야 한다

우리는 낙타처럼 걸어야 한다. 낙타는 걸으면서 사색하는 유일한 동물이라고 한다. 어느 여행자가 워즈워드의 하녀에게 서재를 보여 달라고 청하자, 하녀는 이렇게 대답했다.

"그분이 책을 두는 곳은 여기입니다. 하지만 그분이 공부하는 곳은 집 밖이랍니다."

– 《산책》

어쩌면 산책은 몸에 버금가도록 정신에 이로운 일인지도 모르겠다. 칸트는 매일 정확한 시간에 산책한 것으로 유명하다. 이 산책이 평생 고향을 떠나지 않은 대철학자가 드넓은 세상과 교감하는 시간이 아니었을까?

각자의
명예가 되는 이름

오늘날 우리의 진짜 이름은 별명뿐이다. 나는 유달리 활발하여 또래 친구들 사이에서 '버스터싹쓸이'로 불리는 소년을 알고 있다. 소년의 별명은 세례명 역할을 톡톡히 대신하였다.

여행자들이 전해 준 이야기에 의하면, 인디언들은 처음에는 아무 이름도 갖지 못하다가 나중에 노력을 통해 얻는다고 한다. 그래서 그들의 이름은 각자의 명예가 된다. 그리고 어떤 부족에서는, 새로운 위업을 달성할 때마다 새로운 이름을 하나씩 부여한다고 한다. 인간이 이름이나 명예를 스스로 얻지 못한 채, 그저 부르기 편하자고 이름을 갖는 것이라면 그것처럼 가련한 일은 없을 것이다.

– 《산책》

처음부터 주어진 것보다는 살아가며 얻은 것이 진짜 내 것이다. 그것만이 나라는 독특하고 고유한 존재를 가장 잘 드러내 주는 온전한 내 것이다.

모든 부분이 경작되는 것은 좋지 않다

사회라는 인간을 위한 최고의 제도 안에서, 어떤 조숙함을 감지하기란 어렵지 않다. 아직 자라나는 어린이여야 할 시기에 우리는 벌써 애어른이 되어 버렸다.

초원에서 풍부한 거름을 들여와 흙을 기름지게 하는 문화를 나에게 달라! 비료를 뿌려 문화의 방식과 도구만을 발전시키는 문화 말고 말이다!

나는 모든 사람이, 또 사람의 모든 부분이 경작되는 것을 좋아하지 않는다. 모든 땅이 한 조각도 남김없이 경작되기를 원하지 않는 것 이상으로 말이다. 일부분은 경작지가 되겠지만 대부분은 벌판과 숲으로 남을 것이다. 벌판과 숲은 당장도 쓸모 있지만, 그 속에서 해마다 식물이 거름을 만들면서 미래를 위한 틀을 준비하기도 한다.

– 《산책》

조금 부족한 듯, 조금 느린 듯, 조금 느슨한 듯 삶의 어느 한구석은 비워 둔 채 살고 싶다.

가끔 인간의 무지는 유용하고 아름답다

가끔씩 인간의 무지는 유용할 뿐 아니라 아름답기까지 하다. 이른바 인간의 지식이란 것은 종종 추할 뿐만 아니라 무용한 것보다 더 나쁜 결과를 낳기도 한다. 누가 더 상대하기 좋은 사람일까?

어떤 주제에 대해 아무것도 모르긴 해도, 자기가 모른다는 것을 알고 있는 사람일까? 물론 이런 사람이 드물긴 하지만 말이다. 아니면 주제에 대해 알고 있긴 하나, 자기가 모든 것을 안다고 생각하는 사람일까?

– 《산책》

다 알고 있다는 생각으로는 답을 찾을 수 없다. 마음을 꽉 채운 지식보다는 스스로를 돌아볼 빈자리가 더 소중하다.

인생은 지나가고
기차는 다시 온다

아주 가끔, 어쩌다 철길 위를 걷고 있을 때 어떤 생각이 찾아오면, 그 순간 기차가 지나가도 진실로 그 소리를 듣지 못한다. 그러나 곧 어떤 막을 수 없는 법칙에 의해, 그것들을 들을 기회도 없이 우리의 인생은 지나가고 기차는 다시 온다.

–《산책》

살다 보면 드물게 찾아오는, 머릿속이 환해지는 순간이 있다. 놀라운 집중력으로 삶의 에너지를 흡수하는 그 짧은 순간은 우리 삶에 오랜 축복으로 남는다.

길들여지지 않은 생각은 아름답다

문학 속에서 우리를 매혹시키는 것은 오로지 야성뿐이다. 생기가 없다는 것은 길들여졌다는 말의 다른 표현이다.

《햄릿》이나 《일리아드》에서, 모든 신화나 성서 속 이야기에서, 우리를 기쁘게 하는 것은 학교에서 배우지 않은 것, 문명화되지 않은 자유와 야성이다. 야생 오리가 집오리보다 훨씬 민첩하고 아름답듯이, 이슬을 떨구며 습지 위로 날아가는 청둥오리처럼, 길들여지지 않은 생각이 훨씬 아름답다.

– 《산책》

우리를 매료시키며 역사를 바꾸어 놓는 것은, 결국 틀에 갇히지 않고 길들여지지 않은 생각이었다.

INTOXICADOS
Latino
3K
SANTIFICADO SEA TU NOMBRE
SIN DARME CUENTA
YA ME ESTA
ABRAZANDO ESTA LOCURA
LA QUE ME HACE VER TODO DISTINTO
LA QUE ME HACE ENCONTRAR LOS CAMINOS..
Seba
CALLEJERO DE CAMINITO
MURGUERO SOY,
AMANTE DE LA BOCA..

아르투르 쇼펜하우어Arthur Schopenhauer, 1788~1860는 독일의 철학자이자, 대표적인 염세주의 사상가로 알려져 있다. 성공한 사업가인 아버지의 유산 덕분에, 경제적인 압박 없이 평생을 철학에 몰두하였다. 쇼펜하우어는 끊임없는 욕구의 연속인 삶을 근본적으로 고통스러운 것으로 보았고, 인간이라는 존재가 가진 약점에 날카로운 잣대를 거침없이 들이댔다. 동시에 인간의 불완전함을 극복할 수 있는 방안을 누구보다 열심히 모색했으며, 그가 남긴 여러 편의 수상록에는 그런 노력들이 고스란히 잘 드러나 있다.

5장
행복에 이르는 길

쇼펜하우어

《에세이와 아포리즘Essays and Aphorisms》

《권고와 잠언Counsels and Maxims》

《에세이와 아포리즘》

《권고와 잠언》

《에세이와 아포리즘Essays and Aphorisms》과 《권고와 잠언Counsels and Maxims》은 쇼펜하우어의 마지막 에세이집인 《여록과 보유Parerga und Paralipomena》에 나오는 글을 편집하여 만든 영문판 책이다. 우리나라에서 출간된 쇼펜하우어 관련 수상록들 역시 《여록과 보유》에서 가려 뽑은 경우가 대부분이다. 원본인 《여록과 보유》는 쇼펜하우어의 철학적인 사색이 담긴 에세이 모음집으로 1851년에 출판되었다. 쇼펜하우어의 전작들이 대부분 대중의 이해를 받지 못하고 묻힌 것에 비해, 이 책은 발간되자마자 큰 성공을 거두었다.

《여록과 보유》는 두 부분으로 나누어진다. 첫 부분인 여록parerga은, 부록이라는 의미에 걸맞게 쇼펜하우어의 사상을 보충 설명할 목적으로 쓰인 긴 에세이들이다. 두 번째 부분인 보유paralipomena는 여러 다양한 주제를 놓고 쓴 짧은 묵상이라 할 수 있다. 이 작품은 1852년 존 옥스퍼드라는 영국 학자의 눈에 띄어 〈웨스터민스터 리뷰〉에 소개되었고, 그 뒤로 영국과 독일에서 대대적인 관심을 받았다. 그 덕분에 오랫동안 외면당했던 쇼펜하우어의 철학이 재조명을 받을 수 있게 되었다.

행복과 안녕에 영향을 주는 것

나는 어떤 사람인가, 나라는 존재 안에 무엇을 가지고 있는가, 이 점을 언제나 제일 중요하게 생각해야 한다. 한 사람의 개성은 언제 어디서든 그 사람과 함께하며, 그가 하는 경험에 다채로운 색깔을 입힌다. 다시 말해, 그 어떤 즐거움 속에서도 그가 진실로 즐기는 것은 자기 자신이다.

어느 정도 받아들일 수 있는 한도 내의 일이라면, 어떤 상황에서 일어났느냐보다는 어떤 사람에게 일어났느냐에 따라 인생의 득이 되기도, 해가 되기도 한다. 그가 어떤 사람이고 자아 안에 어떤 것을 가지고 있는가, 다시 말해 그의 성격이 어떤가 하는 것만이 행복과 안녕에 영향을 주는 직접적 요소이다.

자아가 풍요로운 사람은 눈보라 치고, 서리 내리는 12월 밤일지라도 밝게 온기 넘치는 방 안에서 행복한 크리스마스를 보내는 것과 같다.

– 〈자아에 대하여〉, 《에세이와 아포리즘》

행복의 원천을 가슴에 품고도 우리는 여전히 밖을 두리번거린다. 그러나 내 안에 없는 행복은 어디에도 없는 법이다.

현재만이 유일한 진실이며 현실

현재만이 유일한 진실이며 현실이다. 현재만이 우리 존재가 유일하게 놓여 있는 곳이며, 실제로 꽉 채워진 시간이다. 우리는 현재를 언제나 활기차게 맞이해야 할 귀한 손님으로 여겨야 한다. 그리고 직접적인 고통이나 방해 없이 지낼 수 있는 매 순간순간을 의식적으로 즐겨야 한다. 다시 말해, 과거에 대한 후회나 미래에 대한 걱정으로 현재를 우울하게 만들어서는 안 된다. 일어난 일에 대한 후회나 다가올 일에 대한 걱정으로 소중한 현재를 망치고 거부하는 것은 지극히 어리석은 짓이다. 물론 계획하고 후회하는 데도 어느 정도의 시간이 필요한 것은 사실이다. 그러나 그 다음에는, 지나간 일에 대해 이렇게 생각해야 옳다.

아무리 분해도
지난 일로 지난 일로 내버려 두리라
아무리 힘들어도
가슴속 울분을 가라앉히리라_ 호머, 《일리아드》

또 미래의 일에 대해서는 이렇게 생각해야 한다.
이것은 신의 손에 달려 있도다_ 호머, 《일리아드》

하지만 현재에 대해서는 '하루하루를 고귀한 일생처럼 여기고 세네카' 최대한 유쾌하게 보내야 한다. 현재만이 우리가 가진 유일한 현실의 시간이므로.

– 《권고와 잠언》

우리는 이미 소유하고 있는 것들의 소중함을 잘 모른 채 살아간다. 그 중 가장 평가절하된 것은 지금 내게 주어진 바로 이 순간이다.

경험은 본문,
성찰과 지식은 주석

우리의 경험이 본문이라면 성찰과 지식은 이에 대한 주석이다. 경험이 적고 성찰과 지식이 많은 것은, 본문은 겨우 두 줄인데 주석이 마흔 줄이나 붙어 있는 책과 같다. 반대로 지식은 빈약하고 성찰은 얄팍한데 경험만 많은 것은, 이해할 수 없는 내용만 가득하고 해설은 하나도 없는 책과 같다.

–《권고와 잠언》

경험을 성찰하지 않은 채 떠들어 대는 것은 무용담에 불과하다. 아집만 생길뿐 통찰력에 도움이 되지 못한다. 반면, 경험 부족에 생각만 많아도 삶이 미숙할 수밖에 없다.

계획은 신중하게 실행은 과감하게

계획은 실행에 옮기기 전에 여러 번 신중하게 검토해야 한다. 모든 것을 철저하게 검토해도 가끔은 인간 지식의 불완전함을 인정할 수밖에 없는 일들이 벌어지곤 한다. 우리가 조사하고 예견하지 못해서 전체 계산을 뒤죽박죽으로 만들어 놓을 만한 상황은 언제나 존재하기 마련이다. 이런 부정적인 가능성을 잊지 않으면 우리는 생각의 균형을 잡을 수 있으며, 중요한 문제에 접했을 때 신중하게 움직일 수 있다. 잠자는 사자는 건드리지 않는 편이 낫다.

그러나 일단 결단을 내리고 일에 착수하여 결과를 기다리는 시기가 오면, 지나간 일을 자꾸 돌이켜 보거나 일어날지 모를 위험을 걱정하는 일은 그만두어야 한다. 오히려 잡념을 떨쳐 버리고 그 문제에 대해 마음을 접어야 한다. 이미 적절한 시기에 충분히 생각하고 최선을 다했다는 확신을 갖도록 노력해야 한다. 이런 상황에 딱 맞는 이탈리아 속담이 있다.

'말에 안장을 얹었다면 쏜살같이 달려라!'

–《권고와 잠언》

계획은 신중하게, 실행은 과감하게! 서둘러 계획하고 머뭇거리며 행동하는 우리의 모습을 반성하게 된다.

나무도 성장을 위해 바람에 흔들린다

날마다 적당한 양의 운동을 하지 않으면 건강을 유지할 수 없다. 우리 삶의 모든 과정은, 직접적 관련 부분은 물론이고 몸 전체를 모두 움직여 그 기능을 발휘하도록 하는 일종의 운동이라 할 수 있다.

생의 대부분을 앉아서 보내야 하는 수많은 사람들의 경우에서 보듯, 사람이 운동을 하지 못하면 멈춰 버린 외부와 활발하게 움직이는 내부 사이에 불균등이 일어나며 더 심화된다. 아마 사람의 내부가 지속적으로 돌아가려면, 어느 정도 외부의 활동이 뒷받침해 주어야 하는 것 같다. 움직이는 마음을 억지로 누르려고 했을 때 나타나는 현상도 이런 부조화와 비슷하다. 나무도 성장하기 위해서는 바람에 흔들릴 필요가 있다.

– 〈자아에 대하여〉, 《에세이와 아포리즘》

억눌린 몸처럼 억눌린 마음도 건강하게 성장할 수 없다. 많이 움직이고 많이 경험해야, 몸도 마음도 제 기능을 다하며 성숙해지는 것이다.

부와 명예는 마실수록 목이 탄다

이성을 발휘하여 소유욕에 한계를 긋는 일은 불가능하진 않지만 매우 어렵다. 얼마만큼의 부富가 한 사람을 만족시킬 수 있는지에 대한 절대적이고 명확한 기준이란 존재하지 않기 때문이다. 그 양은 언제나 상대적이며, 말하자면 원하는 양과 얻는 양 사이의 어디쯤에 있다고 볼 수 있다.

원하는 양은 생각하지 않고 단지 지금 가지고 있는 양으로만 한 사람의 행복을 측정하려는 것은 분모 없이 분자만으로 분수를 나타내려는 시도와 마찬가지로 소용없는 짓이다. 부족함을 전혀 느끼지 못해 무언가를 소유하고 싶은 생각조차 없는 사람이 있다면, 그는 빈손이라도 행복하다. 반면, 그 사람보다 백배나 많이 가지고 있어도 원하는 마지막 하나를 못 가진 사람은 불행하다고 느낄 것이다.

부란 바닷물과 같아서 마시면 마실수록 더 목이 탄다. 명예도 마찬가지다.

재산을 몽땅 잃은 후 어느 정도 비탄을 극복하고 나면, 예전의 습관적인 기질을 되찾게 마련이다. 이렇게 될 수 있는 까닭은, 운명이 우리의 소유량을 줄이자마자 우리도 스스로의 소유욕을 줄일 수 있기 때문이다.

반대로 큰 재산이 갑자기 생기면, 우리의 소유욕도 점점 커져 제어 불능 상태가 되고 만다. 이렇게 부풀어 오르는 욕망에서 우리는 기쁨을 느낀다. 하지만 커져 가는 욕망이 완성되는 순간, 기쁨은 끝이 나고 만다. 이렇게 욕망의 확대에 익숙해지다 보면, 그 욕망을 만족시키는 부에서 더 이상의 감정을 느끼지 못하게 된다.

– 〈재산에 대하여〉, 《에세이와 아포리즘》

소유의 갈증은 결코 소유로 해결할 수 없다. 해결책이 아닌 것에 자꾸 매달려 봐야 갈증만 깊어질 뿐이다.

행복은 절대 남의 의견 속에 있지 않다

우리가 어떤 일을 할 때면, 제일 먼저 이런 생각을 한다. '남들이 뭐라고 할까?' 인생에서 겪는 성가신 일이나 골치 아픈 문제의 거의 절반은 남의 생각을 염려하는 우리 마음에서 비롯된다.

더 늦기 전에 다음과 같은 단순한 진리를 받아들인다면 우리는 훨씬 행복해질 수 있다. 우리의 가장 중요하고도 실질적인 자아는 우리 피부 속에 있는 것이지, 절대 남의 의견 속에 있지 않다. 따라서 개인적인 생활의 실제 상태, 이를테면 건강, 성격, 능력, 수입, 아내, 아이, 친구, 집 같은 것들이 우리의 행복을 위해 훨씬 중요하다. 남들이 우리를 멋지다고 생각해 주는 것보다 수백 배는 더 중요하다.

– 〈명예에 대하여〉, 《에세이와 아포리즘》

내 생각보다 남의 시선에 무게를 더 두기 시작하는 순간, 내 삶의 주인과 손님이 뒤바뀐다. 게다가 그 손님이란 대개 변덕스럽고 경솔한 떠돌이들뿐이다.

행복의 가장 유용한 자격

자기 자신에게 만족하고 자기 안에 모든 것을 소유하여 '나는 전 재산을 내 몸에 지니고 다닌다'라고 말할 수 있는 사람이야말로, 행복의 가장 유용한 자격을 갖춘 것이다.

—《권고와 잠언》

세상을 살아가는 데 필요한 지식과 지혜야말로, 가장 공들여 모아야 할 재산이 아닌가 싶다.

나무숲과 비슷한 행복

인간이 가진 행복과 자산의 상태는 대개 나무숲과 비슷하다 할 수 있다. 떨어져서 보면 아름답지만, 나무 위로 올라가 그 안에 묻히면 어느덧 아름다운 나무는 사라져 버려 더 이상 찾아볼 수 없다. 우리가 종종 다른 사람에게 부러움과 시기심을 느끼는 것도 이런 연유에서 비롯된다.

– 〈심리학에 대하여〉, 《에세이와 아포리즘》

멀리서 바라보는 타인의 일상은 완벽하고 평화롭지만 대부분은 허상에 불과하다. 따라서 우리의 실제 삶과 만들어진 허구의 삶은 비교 대상조차 되지 못한다.

강한 척 가장하는 것은 자존심이 없는 사람

자존심은 어떤 특정한 관점에서 자신이 우월한 가치를 지녔다고 믿는 확신이다. 반면 허영심은 이런 확신을 타인으로부터 불러일으키고 싶은 욕구인데, 보통 남이 믿어 주면 결과적으로 자기도 스스로에게 확신을 가질 수 있으리라는 은밀한 욕망 때문에 일어난다. 자존심은 안으로부터 일어나는 자아에 대한 직접적인 평가이다. 허영심은 타인이라는 통로를 통해 간접적으로 이런 평가에 도달하고 싶어 하는 욕망이다. 그래서 허영심 많은 사람들은 대부분 수다스럽고 잘난 척 잘하며, 변덕스럽다. 따라서 좋은 평판을 얻고 싶다면, 설사 자랑거리가 있어도 말하는 것보다는 잠자코 있는 편이 훨씬 나을 것이다. 자존심이 강한 척 가장하려는 사람은 자존심이 없는 사람이다. 그는 머지않아 그 가면을 벗어던질 것이다. 진실한 의미에서 자존심을 가진 사람을 만드는 것은 특별하고 우수한 가치에 대한 굳건한 신념뿐이다.

– 〈명예에 대하여〉, 《에세이와 아포리즘》

자존심은 겉모습이 아니라 속마음이다. 남을 무시하거나 자기를 과시하려는 행동으로는 결코 자존심을 얻을 수 없다. 진심으로 자신의 능력과 가치를 믿는 마음으로부터 생기는 것이 자존심이다.

고통을 대가로
쾌락을 사들여서는 안 된다

전체적으로 몸이 건강해도 작은 부위에 상처나 통증이 생기면, 우리는 더 이상 자신의 건강 상태를 신뢰하지 못한다. 온통 아픈 부위에만 신경을 쓰게 되고, 삶의 안락함과 즐거움은 순식간에 사라지고 만다.

마찬가지로 인생사가 모두 원하는 대로 풀리더라도, 그중 단 한 가지가 뜻대로 되지 않으면, 우리는 아주 사소한 것이라도 자꾸 그 일에 신경을 쓰게 된다. 그보다 훨씬 중요한 다른 일들은 원하는 대로 잘 풀리고 있으므로, 거의 신경을 쓰지 않고 말이다.

이 두 가지 경우에서 상처를 받는 것은 '의지'이다. 앞의 예는 신체의 조화라는 의지를 보여 주고, 뒤의 예는 인간의 노력과 갈망이라는 의지를 보여 준다. 두 예에서 볼 수 있듯, 의지의 만족은 언제나 피동적으로 작용하기 때문에, 결코 직접 느낄 수가 없다. 기껏해야 곰곰이 돌이켜봄으로써 겨우 의식할 수 있을 따름이다. 반면, 의지가 방해받고 좌절되는 느낌은 능동적인 것이어서, 곧바로 알 수 있다.

모든 쾌락은 이런 방해를 제거하거나 방해로부터 자유로워지는 짧은 순간에 나타나는 결과물에 불과하다.

그러므로 우리는 고통을 무릅쓰거나 그것을 대가로 쾌락을 사들여서는 안 된다. 그것은 희미한 신기루 같은 것을 얻기 위해 뚜렷하고 현실적인 고통을 감수하는 것이기 때문이다. 반대로 고통에서 벗어나기 위해 쾌락을 희생하는 것은 득이 되는 일이다.

–《권고와 잠언》

현명한 선택을 하려면 득과 실을 잘 따져야 한다. 보이는 것은 물론이고 보이지 않는 것까지 계산에 넣어야 한다. 그래야 오랜 고통을 담보로 잠깐의 즐거움을 선택하는 어리석음을 피할 수 있다.

가까이 존재하는 것들의 가치

위대한 건축물은 그것이 서 있는 작은 광장과 관련 있듯, 위대한 정신은 그 정신의 소유자가 향유한 살아 있는 짧은 시간과 관련되어 있다. 우리는 너무 그들 가까이 서 있는 탓에 그 규모의 거대함을 모두 볼 수가 없다.

– 〈다양한 주제에 대하여〉, 《에세이와 아포리즘》

상대를 온전히 이해하려면, 서로 바라볼 수 있을 만한 거리가 필요하다. 가까이 존재하는 것들의 가치는 한발 물러섰을 때 비로소 보이기 때문이다.

정보란
통찰력을 얻기 위한 단순한 수단

학생들이나 학문을 접한 사람들은 어느 시대의 누구나 할 것 없이 통찰력 대신 정보력을 갈구한다. 그들은 모든 것에 대한 정보 소유력을 영예롭게 생각하게 만든다.

하지만 정보란 통찰력을 얻기 위한 단순한 수단이며 그 자체로는 거의 가치를 지니지 못한다는 사실을 깨닫지 못하고 있다. 이런 좋은 정보력을 갖춘 사람들이 얼마나 많이 알고 있는지를 확인할 때면, 나는 종종 혼자 중얼거리곤 한다.

'이런, 저렇게 읽는 것에 시간을 많이 들여왔으니, 생각하는 데 써야 할 시간은 얼마나 남을까!'

– 〈다양한 주제에 대하여〉, 《에세이와 아포리즘》

진정한 앎은 책이 아니라 생각에서 나온다. 수많은 책을 읽고도 스스로 생각하지 못할 바에야, 차라리 책을 덮는 편이 낫다.

고독과 벗하는 법

일찍부터 고독과 친숙해지거나 고독과 벗하는 법을 알게 된 사람은 금광을 가진 것이나 다름없다.

고독을 사랑하는 일은 인간의 천성이라기보다는 경험과 성찰의 결과로 보아야 할 것이다. 이는 우리의 정신력이 성숙해지고 나이를 먹어 가면서 생기는 혜택이다. 그리고 일반적으로 말해, 사교적이고자 하는 욕구는 인간의 나이와 반비례한다.

어린 아기는 2, 3분만 혼자 두어도 불안을 느끼고 두려움에 질려 운다. 소년기의 아이에게도 홀로 있는 일은 큰 고역이다.

젊은이들은 무리 짓기를 좋아한다. 좀 생각이 깊은 부류는 이따금씩 고독을 추구하기도 한다. 하지만 여전히 젊은이들이 하루 종일 홀로 지내기란 쉽지 않다. 반면 성인들은 훨씬 수월하게 홀로 지낼 수 있다. 나이 들수록 더 많은 시간을 홀로 보낼 능력이 생기는 것이다.

개인으로 보면, 은둔과 고독을 추구하는 경향은 지적인 가치를 얼마나 많이 가졌느냐에 따라 결정된다. 이런 경향은 필요에 의해 직접적으로 생기는 것이라고 할 수 없다. 오히려 살아가면서 얻는 경험과 성찰에 의해, 특히 너무나 많은 사람들이 도덕적으로나 지적으로 부족한 삶을 살고 있다는 통찰에 의해 얻어지는 것이다.

–《권고와 잠언》

고독을 누리는 힘은 저절로 생기지 않는다. 나와 세상을 성찰할 줄 모르는 사람은 고독의 필요성조차 느끼지 못한다. 고독을 다스리고 누릴 줄 아는 능력은, 우리 삶을 성장시켜 줄 것이다.

무리에 둘러싸인 채 홀로 지내는 법을 배워라

항상 집 안에서만 갇혀 지내면 우리 몸이 외부의 기운에 지나치게 민감해져서, 찬바람만 살짝 불어도 병색이 완연해진다.

이와 마찬가지로 외따로 떨어져 고독에만 잠겨 있다 보면 마음도 민감해져서, 지극히 사소한 말이나 일, 심지어 표정에도 마음이 흔들리고 기분이 상한 채 좌절에 빠지게 된다.

늘 정신없이 복잡하게 사는 사람들이라면 이런 일쯤은 아무렇지도 않게 넘길 수 있는데 말이다.

단순히 사람을 멀리하고 싶어 고독에 뛰어드는 사람은 그 황량한 시간을 견뎌 낼 능력이 없는 이들이다.

젊은 사람들이 특히 그렇다. 그런 이들에게 내가 하고 싶은 충고는 자기 고독의 일부를 가지고 사회 속으로 들어가서, 무리에 둘러싸인 채 홀로 지내는 법을 배우라는 것이다.

이런 의미에서 사회는 모닥불과 같다고 할 수 있겠다.

신중한 사람은 적당한 거리를 두고 몸을 덥힐 수 있는 반면, 어리석은 자는 너무 가까이 다가가 불에 데이고는 차가운 고독 속으로 뛰어 들어가 우는 소리로 화상 입은 것을 원망한다.

–《권고와 잠언》

고독과 사교는 배타적인 가치가 아니다. 사람이 싫고 세상이 귀찮아서 선택한 도피처가 고독이라면, 결코 고독을 즐길 수 없다. 또한 고독을 통해 아무것도 얻지 못할 것이다.

한 가지 일만 생각하는 습관을 갖자

우리가 겪는 일들은 서로 아무런 질서나 연관 없이 산발적으로 나타난다. 우리에게 일어난 일이라는 점만 빼면 공통점 하나 없이 서로 다른 모습으로 우리를 스쳐간다. 이런 일들을 따라잡으려다 보니, 그에 관련된 우리의 생각과 염려도 그저 그때그때 상황에 맞춰 일어나게끔 되어 있다. 따라서 어떤 일을 잘 처리하려면, 다른 일은 염두에 두지 말고 모두 머릿속에서 몰아내야 한다. 그래야 그 일에 몰입해서 고스란히 즐기거나 견뎌 낼 수 있으며, 그 밖의 다른 문제에 대해서는 신경을 끊을 수 있다.

말하자면, 우리의 생각을 서랍장 속에 나누어 담아 두고, 하나를 여는 동안 나머지는 모두 닫으라는 것이다. 이렇게 하면 현재의 소소한 기쁨을 무거운 마음의 짐 때문에 잃어버릴 염려도 없고, 마음의 평화를 빼앗길 일도 없다. 어느 하나에 대한 염려가 다른 염려의 자리를 빼앗지도 않을 것이고, 어떤 중요한 문제에 집중한 나머지 다른 문제를 등한시하는 일도 없을 것이다.

－《권고와 잠언》

밥 먹을 때는 밥만 생각하고, 걸을 때는 자기 발걸음에만 집중하자. 일을 할 때는 오직 그 일만 생각하자. 한 번에 한 가지 일만 생각하는 습관을 갖자. 조급함과 걱정이 사라진 자리를 놀라운 집중력이 채울 것이다.

인간의 최대 기쁨은 장애를 뛰어넘는 일

모든 사람은 자신의 능력에 맞게 무슨 일이든 해야 한다. 오랫동안 쾌적한 여행을 하는 사람들을 보면, 계획적인 활동이나 일을 하지 않는 것이 우리에게 얼마나 은밀하면서도 치명적인 해를 끼치는지 너무 잘 알게 된다.

무계획적 여행을 하는 사람들은 행복감을 느끼지 못하는데, 이는 그들에게 적절한 직무가 없기 때문이다. 이들은 인간의 본능적인 요소를 박탈당한 것이다.

두더지는 흙을 파야 하는 것처럼, 사람에게는 갈등을 겪고 저항하고 노력하는 행위가 반드시 필요하다. 인간은 장기간의 향락으로 인해 완벽하게 만족되어 늘어진 상태를 견디지 못한다.

인간이 자기 존재를 통해 찾을 수 있는 최대의 기쁨은 장애를 뛰어넘는 행위 자체이다. 그 장애는 인생사나 사업을 가로막는 물질적인 것일 수도 있고, 배움이나 연구 같은 지적인 활동에 대한 장애일 수도 있다.

장애와 싸워 승리하면 행복하다. 그래서 이런 기회가 적을 경우 일부러 노력해서 만들기까지 한다. 개인의 성격에 따라, 어떤 이는 사냥이나 스포츠를 하고, 어떤 이는 싸움에 끼어들거나 음

모를 꾸미고, 심지어 사기를 치는 비열한 짓까지 서슴지 않는다. 이 모든 행위는 견딜 수 없는 안일한 상태에서 벗어나고자 하는 데 목적이 있다. 아무 일 없이 조용히 있기란 매우 어려운 일이다.

– 《권고와 잠언》

끊임없이 노력하는 것은 인간의 타고난 천성이다. 이 천성을 어떤 곳에 쏟을지는 우리의 선택이다. 이 선택에 따라 노력은 건설적인 도전이 되기도 하고, 소모적인 탐락이 되기도 한다.

노력은 분명하고 신중한 개념이어야 한다

우리의 노력을 인도하는 별은 공상이 만들어 낸 그림이 아니라, 분명하고 신중한 개념이어야 한다.

생활 자체가 원래 직접적인 것이므로, 본능적으로 느끼는 것이 추상적인 생각이나 관념보다는 우리 의지에 훨씬 직접적인 영향을 미칠 수밖에 없다. 추상적인 생각이나 관념은 각각의 상황을 고려하지 않는 보편적인 것이므로, 그 안에 현실이 담겨 있을 때만 개별 상황 적용이 가능하다.

–《권고와 잠언》

노력은 생활 속에서 이루어지는 것이다. 노력의 과정이 일상생활에 큰 불편을 일으킨다면, 아무리 그 목표가 훌륭하더라도 잡히지 않는 환영에 불과하다.

타고난 본성을 지닌 채 살아갈 권리

누구든 타인의 도덕적인 성격, 지적 능력, 기질, 용모 같은 뿌리 깊은 특성을 바꾸지 못한다. 만약 우리가 어떤 사람의 본질적인 특성을 전적으로 비난한다면, 그는 우리를 원수로 여길 것이다. 그에게는 절대로 될 수 없는 다른 존재가 되어야만 존재의 가치를 인정해 주겠다고 하는 것과 마찬가지이기 때문이다.

사람들 속에 섞여 살려면, 각자가 타고난 본성을 지닌 채 살아갈 권리가 있음을 인정해 주어야 한다. 그리고 그 본능과 개성이 어떤 것이든, 그것을 바꾸지 않고도 활용할 방법을 생각해야 한다. 그 본성의 변화를 바라거나, 지나치게 비난해서는 안 된다. 이것이 '서로 자기 식대로 살기 마련'이라는 속담의 진정한 의미이다.

– 《권고와 잠언》

단점은 그것을 가진 사람에게는 내보이고 싶지 않은 상처이다. 타인의 단점을 비난을 통해 고치려는 시도보다 어리석은 일이 또 있을까? 단점도 다름의 차원으로 인정해야만 조율이 가능한 법이다.

나만의 색깔을 입은 행동

해야 할 행동과 하지 말아야 할 행동을 가릴 때, 타인을 본보기로 삼아서는 안 된다. 처한 환경과 위치가 절대 같을 수 없기 때문이며, 성격의 차이 때문에 같은 행동도 다른 느낌과 강도로 다가오기 때문이다. 그래서 '두 사람이 똑같은 일을 한다 해도 절대 같을 수 없다'는 말이 있는 것이다.

우리는 충분히 성찰하고 냉정하게 판단한 후 성격에 맞게 행동해야 한다. 실제 생활 속에서도 자신만의 특성을 반드시 지켜야, 우리가 하는 행동이 우리의 됨됨이를 따라올 수 있다.

– 《권고와 잠언》

어떤 행동이나 말이 나를 통해 나오는 순간 나만의 색깔이 입혀진다. 그래서 생각 없는 모방은 위험하다. 내 것도 남의 것도 아닌 기형의 말과 행동이 나올 수 있기 때문이다. 타인의 장점을 닮고 싶다면, 먼저 내 것으로 소화하려는 노력이 필요하다.

격한 어조로 말하지 말라

'격한 어조로 말하지 말라.' 이 오래된 지혜의 말이 뜻하는 바는, 우리가 한 말을 받아들이고 안 받아들이고는 듣는 사람의 지성에 맡겨 두어야 한다는 것이다. 군중의 지력은 느려서, 그들이 채 이해하기도 전에 말한 사람은 그 자리를 떠난다.

반면 격한 어조로 말하는 것은 감정을 드러내는 것이므로, 정 반대의 결과를 낳게 된다. 정중한 어조와 친근한 태도를 유지하기만 하면, 아무리 무례한 말을 해도 직접적인 반격은 받지 않을 수 있다.

-《권고와 잠언》

다른 사람이 내 말에 수긍하지 않을수록 감정을 잘 다스려야 한다. 사람마다 이해하는 방식도, 속도도 다르다. 말하는 사람이 먼저 흥분하면 듣는 사람은 더욱 방어적이 된다. 다시 설득을 시도해 볼 기회마저 잃게 되는 것이다.

타인의 스타일을 모방하는 것은 가면을 쓰는 일

스타일이란 마음의 얼굴과 같은 것이다. 마음의 얼굴은 마음의 몸보다 속이기가 어렵다. 다른 사람의 스타일을 모방하는 것은 가면을 쓰는 일과 같다. 가면이 아무리 아름답다 한들, 그 생명력의 결여는 견딜 수 없는 무미건조함을 드러낼 것이다. 그리하여 아무리 못생긴 얼굴이라도 살아 있다면 가면보다 낫다고 느끼게 될 것이다.

– 〈책과 문학에 대하여〉, 《에세이와 아포리즘》

진실한 얼굴, 솔직한 말, 진심이 담긴 행동에서 우리는 생기를 느낀다. 상투적인 언행은 아무리 우아해도 공허할 뿐이다.

모든 이별은 죽음을 미리 맛보는 일

모든 이별은 죽음을 미리 조금 맛보는 일이고, 모든 재회는 부활을 조금 맛보는 일이다. 서로에게 무관심했던 사람들조차, 이삼십 년이 지난 후에 다시 만나게 되면 더할 나위 없이 기뻐하는 이유가 바로 여기에 있다.

－〈심리에 대하여〉, 《에세이와 아포리즘》

인생은 처음부터 끝까지 만나고 헤어지는 일의 연속이다. 시간이 가고 경험이 쌓일수록, 우리는 조금씩 더 나은 만남과 헤어짐을 준비할 수 있을 것이다.

권력은 불평등하지만 권리는 평등하다

인간이 소유한 권력은 불평등하지만, 그럼에도 그들이 소유한 권리는 평등하다. 권리란 반드시 권력에 기반하진 않는다. 권리는 정의의 윤리적인 특성으로 인해, '각각의 인간 안에는 살고자 하는 똑같은 의지가 같은 단계에서 객관화된다'는 사실에 기반하고 있다. 그러나 이는 단지 인간이 인간이라는 자격으로 소유한, 원래의 추상적인 권리의 관점에서 봤을 때나 정당한 이야기일 뿐이다. 인간이 자기가 가진 권력이라는 수단을 통해 획득한 영예와 마찬가지로, 재산은 권력의 속성이나 척도와 일치하며, 권리의 범위를 확장시켜 준다. 그리하여, 바로 이 지점에서 평등은 발걸음을 멈춘다.

– 〈법과 정치에 대하여〉, 《에세이와 아포리즘》

인간관계에 있어 평등이란 결코 쉬운 과제가 아니다. 진심으로 그 입장을 이해하려 애쓰지 않은 한, 나보다 어려운 처지에 놓인 상대에게 평등을 역설하는 것은 오만한 일이다.

편역자 김희정

한국외국어대학교와 동대학원을 졸업하고 전문 번역가로 활동하고 있다. 역서로는 《병든 아이》 《고스트 스토리》 《종말의 역사》 《왜 일본인은 스모에 열광하는가》 《어린이에게 돈 다스리는 법 가르치기》 《인생의 맥을 짚어라》 등 다수가 있다.